LA HACHE D'ABORDAGE

PAUL FÉVAL FILS

LA HACHE D'ABORDAGE

TOME TROISIÈME

PARIS

Collection A.-L. GUYOT

6 et 8, rue Duguay-Trouin, 6 et 8

LA HACHE D'ABORDAGE [1]

DEUXIÈME PARTIE

—

LA CONTRE-ENQUÊTE

(Suite)

VIII

La première miss Paulette

La stupéfaction de Lugano était telle qu'il n'avait ni bu ni mangé, laissant à de moins préoccupés que lui la suite de sa tranche de jambon.

Les coudes sur la table, la tête entre ses mains, il attendit que ses voisins eussent terminé leur repas. Peut-être espérait-il qu'ils reprendraient leur conversation si instructive.

Quand ils furent partis, sans avoir ajouté un seul mot, sur le sujet qui l'intéressait, il régla son addition et reprit tout pensif le chemin de la place Malesherbes.

Comme il était trop tard pour pouvoir rendre compte de sa journée à Emilia, il se coucha et, brisé de fatigue, finit par s'endormir d'un sommeil hanté, plus fatiguant que la veille.

Le jour naissant lui apporta le calme et la présence d'esprit qui lui étaient nécessaires.

Tout en prévoyant les résultats d'un pareil voyage et doutant de la réussite, il avait hâte de se rendre à Londres.

Il n'était pas encore fixé sur ce qu'il lui faudrait faire au cas où ses prévisions se trouveraient réalisées. Mais il pensait que le principal était de démasquer le vieux baron, d'acquérir la preuve certaine des infamies de ce misérable qui devait être l'assassin du vicomte Angel, il en avait comme le vague pressentiment.

Il alla frapper à la porte de la Daltès et, ne recevant pas de réponse, pénétra, en camarade à qui c'est permis, dans la chambre à coucher où la belle Vénitienne sommeillait encore.

— Eh bien, Lugano ? fit-elle interrogativement en apervevant le jeune homme et en étirant ses beaux bras nus hors des dentelles.

— J'ai beaucoup de nouveau à t'apprendre, petite sœur.

— Black-Mid m'a dit cela.

— Ah ! fit Lugano stupéfait, mais ne doutant pas une seule seconde de la double vue de Black-Mid.

— Dis, tout de même.

Il raconta en détail toute sa journée de la veille, puis, quand il eut fini, écrivit à sa première visiteuse, sur le conseil d'Emilia, qu'une affaire importante l'obligeait à s'absenter et qu'il aurait l'honneur, sous quelques jours, d'aller lui rendre visite.

Le soir même, il s'embarquait à Boulogne, et le lendemain, le majordome ordinaire et zélé de la cantatrice était admis à compulser les registres de la *mayoralty* (mairie) de Whitechapel.

Les actes à lui montrés par Jacqueline Froimivelle étaient bien des pièces authentiques.

Les registres prouvaient que César Hornn, Irlandais, avait épousé Martha Sampoli, italienne, et que de cette union légitime était née, dans Commercial Road East, une petite fille à laquelle ses parents avaient donné le nom de Paulette.

Ce fait acquis, Lugano, n'ayant plus rien à faire à Londres, revint en France décidé à faire une petite enquête sur le passé de la fille Jacqueline Froimivelle.

C'était une tâche assez ardue et difficile à conduire, étant donné surtout qu'il n'avait comme point de départ que le nom de Rambouillet, lancé par le baron dans sa conversation au restaurant. Il apprit pourtant que Jacqueline était fille d'un braconnier condamné aux travaux forcés à vie, pour avoir tué un garde, qu'elle-même avait attiré dans un pavillon de chasse.

Le lendemain de ce meurtre, elle avait abandonné le pays pour venir à Paris. Elle y avait rencontré le baron Therme de Paray et était devenue sa maîtresse. Inutile d'ajouter qu'elle n'avait jamais habité la rue de Laval et que, même pour vivre, il lui aurait été assez difficile de donner des leçons de maintien.

Quand la Daltés vit arriver son intendant après plusieurs jours d'absence, elle écouta le récit de ses pérégrinations sans l'interrompre et lui dit, lorsqu'il eut terminé :

— Le baron est un misérable, il est impossible d'en douter. Nous sommes assurés que son titre et son nom ne lui appartiennent pas. Quant à fortune, il a dû en avoir — de l'argent volé comme le nom, sans doute; — toujours est-il qu'il s'est usé par un luxe au-dessus de ses moyens et arrive au bout du fossé.... Il m'a avoué à moi-même qu'il aimait Rachel Boisdru, la fille du riche éleveur. Mais ce cœur de vieillard est-il capable d'aimer autre chose que son bien-être et l'argent, seul capable d'assouvir ses vilains penchants... Repoussé par Rachel Boisdru, arrivé à la dernière extrémité, il était probablement décidé à tenter la première chance venue lorsque notre annonce magique lui est tombée sous les yeux. Alors il s'est mis en campagne pour ne pas laisser échapper ce gros lot, et c'est lui qui a dû chercher et trouver cette fille qui, moyennant une forte somme, a consenti à jouer le rôle de miss Paulette devant l'homme d'affaires chargé de compter les trois millions... En somme, je tiens ce baron pour bien plus coupable que la fille Jacqueline.

— Que me conseilles-tu de faire, maintenant, demanda Lugano.

— La marche à suivre définitivement est assez difficile à indiquer avant que nous possédions toutes les preuves. Je tiens à me venger du baron, mais je ne veux pas le faire au hasard. D'ailleurs, je n'ai aucun doute au sujet du châtiment qui lui est réservé; il mourra bientôt et ici même...

— Ici?

— Oui, dans cet hôtel.

— Qui te l'a dit?

— Black-Mid!

Pour Lugano, le nom de la petite vipère noire répondait à tout. Il n'avait garde d'émettre un doute au sujet de ses oracles.

— Pour le moment, acheva la Daltès, le plus pressé est de retrouver la véritable miss Paulette, afin de venir en aide à ce pauvre marquis et à Mme Yvonne, qu'on ne peut s'empêcher d'aimer. Puis nous poursuivrons ensuite l'autre branche de l'affaire, et je suis persuadée qu'en intimidant un peu Jacqueline Froimivelle, tu obtiendras d'elle toutes les révélations qu'elle s'est abstenue de faire au restaurant.

Quelques instants après, Lugano se présentait au numéro 5o de la rue de Rome.

— Miss Paulette Hornn ? demanda-t-il à la concierge.

— Au quatrième, porte à droite.

Il monta et sonna.

La porte s'ouvrit.

Cette fois, sa première cliente du cabinet d'affaires lui apparut en toilette d'intérieur, sans voile sur le visage, et d'après le signalement détaillé qu'en avait fait Mme du Valdamour, il la reconnu du premier coup.

— Mademoiselle, dit-il, selon ce qui a déjà été dit entre nous je viens voir si vous êtes en possession des papiers établissant votre état civil.

— Hélas ! monsieur, répondit la jeune fille, je n'ai rien à vous fournir. J'ai cependant écrit deux fois à Londres, mais à ma seconde lettre...

— A votre seconde lettre ?

— Oh ! c'est bien étrange, monsieur, c'est presque du roman et vous aurez peine à me croire... A ma seconde lettre, il a été répondu que ces papiers avaient été remis à une autre personne portant le même nom que moi... Probablement celle qui est venue le même jour chez vous.

— Comment expliquez-vous ce fait ?

— Je ne puis l'expliquer. Cette réponse m'étonne d'autant plus que je suis certaine, absolument certaine d'être la seule femme survivante de ma famille ayant habité Londres où je ne connaissais aucune autre personne de mon nom... Je suis née dans cette ville il y a vingt ans...

Lugano entendit pour la seconde fois, mot pour mot, ce que lui avait déjà dit Jacqueline, mais cette autre miss Paulette était probablement mieux renseignée que sa compétitrice, car elle ajouta, après avoir parlé de son dernier domicile, sis rue de Laval.

— Je dus quitter ce logement par suite de l'effroi que me causa le voisinage d'une chambre d'hôtel dans laquelle un crime fut commis...

L'intendant de la Daltès l'interrompit :

— Pourquoi ne m'avez-vous pas donné ces détails lorsque vous êtes venue chez moi ?

— A quoi bon, monsieur, puisque je n'avais à vous mettre sous les yeux aucune preuve ?...

— Pourtant vous n'en avez pas plus aujourd'hui.

— C'est vrai, mais si j'ai parlé, c'est que je craignais, par un plus long silence, de passer à vos yeux pour une aventurière...

— Dites moi, insinua tout à coup Lugano, n'avez vous point connu M. le vicomte Angel d'Urtille, assassiné dans la chambre qu'occupait, en face de votre logement de la rue de Laval, le marquis Robert du Valdamour ?

En entendant prononcer ces deux noms miss Paulette devint livide, ses yeux agrandis se fixèrent sur son interlocuteur avec une véritable expression de terreur.

— Au fait, continua celui-ci sans paraître s'apercevoir de l'effet produit par ses paroles, vous leur avez écrit à tous deux, n'est-ce pas ?

Pour le coup un tremblement nerveux saisit la pauvre jeune fille, ses yeux se fermèrent et elle fut sans doute tombée sur le parquet, privée de sentiments, si Lugano ne s'était avancé à temps pour la soutenir.

— Voilà du travail bien maladroitement fait, pensa-t-il en s'occupant à frapper dans les mains de miss Paulette ; cette enfant n'a pas grand chose à se reprocher, ou son air me tromperait fort, alors pourquoi diable s'évanouit-elle ?

Quand miss Paulette rouvrit ses yeux, Lugano se décida à jouer franc jeu pour l'amener aux confidences.

— Mademoiselle, fit-il, vous m'excuserez d'avoir usé d'un subterfuge pour vous trouver... La succession des trois millions n'existe pas.

— Ah ! murmura-t-elle sans manifester autrement sa surprise.

Cette exclamation déguisait si doucement un muet reproche, que Lugano s'écria :

— Attendez... je suis l'intendant d'Emilia Daltès, la cantatrice dont vous avez dû entendre parler ; je suis même en quelque sorte son frère de lait. C'est vous dire combien je prends part aux ennuis qui peuvent lui survenir.... Il y a peu de temps, à l'époque précise où vous habitiez rue de Laval, M. le vicomte d'Urtille, — votre ami — fut assassiné dans une chambre faisant face à la vôtre.

Emilia qui s'intéresse beaucoup au marquis du Valdamour, sur la personne duquel la justice s'est payée, et croit le bien connaître, est convaincue de son innocence. Sa conviction se base surtout sur les deux lettres écrites par vous à la victime et au condamné...

Voyons, pouvez-vous me donner quelques renseignements sur cette malheureuse affaire ?

— Oh ! monsieur, je vous jure que je suis innocente, dit miss Paulette un peu rassurée par le ton affable que prenait son interlocuteur.

— Croyez que je n'en doute pas, mademoiselle, s'empressa de répondre Lugano. Cependant, dans l'intérêt de la vérité, de la justice, faites-moi connaître ce que vous savez. Avec votre aide, j'ai l'intime conviction qu'il nous sera possible de découvrir le criminel... Vous rougissez ? Par grâce ayez confiance ; la Daltès est pleine de mansuétude pour toutes les misères, ayant beaucoup souffert elle-même.

Miss Paulette eut encore une seconde d'hésitation puis, bravement, elle alla ouvrir les rideaux de son alcôve, et, désignant à Lugano un enfant qui dormait sur le lit :

— Voici ma seule faute, dit-elle, et encore je fus plus victime que complice... Vous m'avez demandé d'avoir confiance en vous, monsieur, eh bien ! je vais vous conter ma pauvre histoire. Il y a un peu plus de deux ans que je suis en France. J'y vins aussitôt après la mort de mon père, et je me mis immédiatement à donner des leçons de conversation anglaise, de bonne tenue et même de piano aux filles de famille. Ces leçons étaient mon unique gagne-pain, car mon père ne m'avait laissé qu'une éducation assez soignée pour toute fortune.

Souvent j'étais invitée aux soirées que donnaient les mères de mes élèves, soit comme accompagnatrice, soit comme simple figurante pour augmenter le personnel dansant.

Je n'ai pas besoin de vous dire, n'est-ce pas, monsieur, à combien de poursuites est en butte une pauvre fille faisant mon métier. Pour nous, la laideur est un don du ciel. Celles qui ont le malheur d'avoir quelque beauté sont détestées des femmes qui leur portent envie et recherchées comme passe-temps par les hommes. Honte et deuil à celles qui ont la faiblesse de tomber, elles ne récoltent comme prix de leur confiance que la raillerie ou l'insulte.

Après avoir résisté pendant plusieurs mois aux constantes sollicitations de M. le baron Therme de Paray, touchée de son insistance et des bons soins que seul il ne cessait de me rendre, un soir de mi-carême, pour le récompenser et certaine qu'avec un vieillard cela ne pourrait tirer à conséquence, j'acceptai de souper au restaurant avec lui.

J'avais été amenée à ce relâchement de fermeté qui devait avoir des suites irréparables, par l'air bonhomme du baron et les façons paternelles dont il usait envers moi.

Vous devinez la suite. Pendant le repas, il me versa, en guise d'eau gazeuze, du champagne dans mon vin rouge et ses manières respectueuses ne se démentirent qu'au moment où, le mélange opérant avec une rapidité effrayante, me livra sans défense en son pouvoir.

Désormais, j'étais perdue et devait même devenir un instrument inconscient entre les mains de mon séducteur qui n'ignorait pas combien les mères ont d'abnégation et quelles souffrances elles savent supporter quand il s'agit de leur enfant.

Il y a environ sept mois, je reçus une lettre du baron Therme, lettre par laquelle il me priait de venir tenir le piano chez un de ses amis, dans le saion duquel, me disait-il, je ferais la rencontre du seul personnage capable de me venir en aide, sans entamer à nouveau mon honneur.

Ce personnage n'était autre que le vicomte Angel d'Urtille, auquel le baron me présenta, non par les paroles dont on se sert habituellement pour cet acte de banale politesse, mais en faisant sur ma personne des allusions polissonnes, avec un sans-gêne cynique. Je dus subir encore cette insulte d'être maquignonnée comme une bête de prix.

Le vicomte, dont j'ignorais alors la monomanie, se conduisit aussi galamment que possible. Loin de profiter en malotru de ma situation pénible qu'il connaissait par le baron, il me fit la cour plusieurs jours de suite, sans dépasser de beaucoup les privautés autorisées par le *flirt*.

Le soir où, pour la première fois, il me reconduisit chez moi, je compris que, dans le sens strict du mot, mon honneur était, en effet, à l'abri avec ce singulier amoureux.

Je n'insisterai pas sur sa principale manie que les détails du procès vous ont fait connaître. Mais on a moins parlé de ses promesses de mariage ; il en était prodigue. Pour ma part, dès nos premières rencontres, le vicomte m'avoua qu'il m'aimait au point de ne pouvoir se passer de moi. Il jura qu'il me ferait vicomtesse et reconnaîtrait mon enfant.

Quoique Angel d'Urtille fût très doux, la perspective d'un tel mariage n'avait rien de très attrayant, mais il ne fallait pas être trop épineuse ; pouvais-je espérer une plus complète réparation de la faute d'un autre.

On est toujours disposé à croire ce que lon espère. Naïvement, je me persuadais que cette promesse se réaliserait et, pour ne pas me compromettre, sous le nom de Félix Bordes, le vicomte avait loué une chambre dans l'hôtel voisin de mon logement et s'introduisait presque chaque soir par ma fenêtre en faisant un pont d'une porte de placard.

Je le priais sans cesse de tenir sa parole. Toujours il cherchait à me faire patienter.

Cette idylle devait avoir une fin tragique; nous ne nous rencontrions plus qu'avec difficulté. M. du Valdamour, par la chambre duquel Angel passait pour pénétrer chez moi, avait surpris notre secret. J'écrivis au marquis, le priant de ne pas entraver notre rendez-vous. Le soir, Angel vint comme de coutume et, le lendemain matin, j'apprenais qu'il avait été assassiné.

Je dois ajouter ceci : si le rêve que j'avais fait ne s'est pas réalisé, la faute entière en est à moi...

— Comment cela ? demanda Lugano.

— Je n'ai jamais voulu me donner à Angel.

— Et vous croyez que si vous vous étiez donné à lui il vous aurait épousée?

— Je le crois.

— Ce n'est pas à moi de vous détromper, mademoiselle. D'ailleurs M. d'Urtille n'était pas absolument responsable.

— En apprenant, le crime, reprit miss Paulette, je fus tout à la fois affolée et découragée par la ruine de mes espérances, puis, craignant qu'en battant les buissons, la justice n'arrive à s'occuper de moi, je quittai mon logement et changeai de quartier.

Il y eut un moment de silence après lequel Lugano demanda :

— Avez-vous cru à la culpabilité du marquis du Valdamour ?

— Dame ! j'y crois encore.

— Vous avez des motifs particuliers ?

— Pour appuyer ma croyance ? non, monsieur ; je me base simplement sur les résultats du procès.

— Le verdict est affirmatif sur tous les points, c'est on ne peut plus exact, mais bien des points importants n'ont pas été examinés devant la Cour d'assises et, en toute conscience, la preuve n'a pas été faite. Mais vous mademoiselle, vous envers laquelle M. du Valdamour s'était montré complaisant, vous auriez pu intérieurement être plus généreuse avec lui, et avec le flair particulier qu'ont les femmes deviner la machination dont le marquis lui-même est probablement victime.

— Quelle machination ?

— Il serait trop long de vous en instruire, et je ne suis pas assez bien renseigné pour rien affirmer encore ; mais l'amour et l'intérêt, ces deux éternels facteurs du bien et du mal, doivent être pour beaucoup dans cette déplorable affaire. Il est un personnage que l'on aurait dû entendre autrement que comme témoin, car, d'après le précepte : « Cherchez à qui le crime profite », le meurtre d'Angel d'Urtille était un bénéfice pour le baron Therme de Paray, qui veut épouser la riche demoiselle Boisdru à laquelle le vicomte était fiancé.

— Par exemple ! ce serait lui le criminel ?

— Encore une fois, je n'affirme rien, je présume.

— Tenez, monsieur, s'écria miss Paulette, vous venez de m'ouvrir les yeux et je crois vos présomptions bien fondées. J'avais, en effet, oublié de vous dire que, si j'ai osé écrire au marquis pour lui demander de s'absenter afin de laisser le passage libre à Angel, c'est sur le conseil du vieux baron.

Lugano eut un sourire joyeux.

— Certes, voilà un renseignement précieux, mademoiselle, dit-il en serrant sans le savoir les mains de son interlocutrice; malheureusement, cette preuve, qui suffirait aux juges lynch de la libre Amérique est insuffisante pour nous. Une seule personne peut nous tirer d'embarras, c'est la femme du condamné, la marquise Yvonne du Valdamour, aussi belle que courageuse. Elle habite présentement dans la chambre où s'est commis le crime et a juré la réhabilitation de son mari.

— Quelle raison la retarde ?

— Ah ! c'est que si le baron est le meurtrier du vicomte, il n'a pu opérer sans un complice, et ce complice serait un certain Alexandre, garçon d'hôtel de Mlle Obusier, propriétaire de la maison meublée.

— Alexandre ! mais je le connais. Il a des cheveux rouges et un regard singulièrement faux. A plusieurs reprises, je l'ai vu s'entretenir avec le baron Therme.

— Vous êtes sûre de ne pas vous tromper ?

— Parfaitement certaine.

— La petite Mme Yvonne est une rude jouteuse, pensa Lugano; elle avait deviné cela; elle gagnera la partie.

Il reprit plus haut :

— Madame du Valdamour prend son temps, par politique. Le garçon d'hôtel est amoureux d'elle, elle l'endort diplomatiquement pour l'empêcher de prévenir le baron qui ne manquerait pas de s'enfuir avec lui... Cependant, n'ayez crainte, tôt ou tard, le baron sera pris, car je ne voudrais pas avoir à mes trousses la policière qui le file... Nous aurons les preuves, d'autant mieux que la marquise n'est pas seule sur la piste, puisque nous avons l'espoir de voir parler bientôt le témoin du crime...

— Le témoin du crime !

— Oui, l'assassinat a eu un témoin. Ce témoin est fou, il est vrai, mais entre les mains du docteur Veshumyd son retour à la raison ne fait pas l'ombre d'un doute et alors, gare au vrai meurtrier.

Maintenant, mademoiselle, causons un peu de vous.

Avez-vous des ressources ?

— Hélas ! non, monsieur. La lecture de votre annonce m'a fait abandonner une modeste place. Je croyais, bien naïvement, que le frère de mon père, ayant fait fortune, m'instituait sa légataire.

— Eh bien ! il me paraît juste de réparer le tort que je vous ai causé avec mes fausses promesses... Voulez-vous venir avec moi chez Emilia Daltès ! Elle est bonne, elle vous procurera une position.

— Et mon enfant ?

— Votre enfant ! mais c'est une raison de plus, elle raffole de l'enfance ; de sorte que vous serez non seulement sa dame de compagnie, mais aussi son amie... Voyons, acceptez-vous ?

— Oh ! monsieur, pouvez-vous le demander ?... Mais j'ai si peur ; le bonheur m'a si peu favorisée ; si c'était encore une illusion.

Lugano juge instructeur, policier et gendarme

Pour cette fois, Lugano n'avait point menti. Emilia Daltès accueillit miss Paulette avec toute la gracieuse bonté qui était en elle et contresigna des deux mains l'engagement qu'avait pris son intendant, en installant dans son hôtel la petite Anglaise.

Le soir même, très satisfait de sa journée, Lugano, pour ne pas perdre le filon de veine dans lequel il se trouvait, écrivait à la seconde miss Paulette, dont le vrai nom était Jacqueline Froimivelle, de se rendre, à deux heures de l'après-midi, à son cabinet d'affaires de la place Louvois.

Au rendez-vous donné, il n'eut pas le loisir de s'impatienter. Comme deux heures sonnaient, le grand valet introduisit dans le bureau Mlle Jacqueline, dont la figure était radieuse et qui, le sourire aux lèvres, interpella par ces mots le prétendu homme d'affaires :

— Eh bien, maître Decourt, vos vilains doutes sont-ils levés ?

— Certainement, mademoiselle.

— Alors, quand palperai-je les millions ?

— Palperai-je ! répéta Lugano très amusé. Votre professeur de français s'exprimait d'une façon plutôt libre.

— Il était licencié, monsieur.

— En licences, peut-être.

— Vous êtes trop curieux et sortez de la question.

— C'est vrai, mais ma réponse est si peu favorable... Vous ne palperez rien, mademoiselle.

La belle brune se redressa si brusquement que le dossier de la chaise sur lequel elle était assise alla rebondir contre le parquet.

— Comment, s'écria-t-elle, ne me disiez-vous pas que tous vos doutes étaient levés ?

— Mais oui ; votre mémoire est excellente.

— Alors, quelle comédie jouez-vous ?

Lugano se leva à son tour et, les sourcils froncés, regardant longuement sa « cliente » :

— Trêve de raillerie, puisque vous le voulez, prononça-t-il durement. Il y a un tout petit inconvénient à ce que vous touchiez les millions convoités : vous n'êtes pas miss Paulette Hornn !

Sous le regard inquisiteur du faux M. Decourt, la belle brune se sentit pâlir et ne put s'empêcher de tressaillir à ses dernières paroles ; mais, certaine de n'avoir pas été trahie par le baron qui, seul, la connaissait, et espérant que l'agent d'affaires, en l'absence de toute preuve, plaidait le faux pour savoir le vrai, elle se raidit et partit d'un bel éclat de rire en disant d'une voix gouailleuse :

— Ah ! par exemple ! voilà qui est particulier dites-donc, l'homme !... Comme impertinence c'est assez réussi... Mais si je ne suis pas miss Paulette Hornn, qui suis-je ?

Sans la certitude absolue qu'il avait d'avoir affaire à une coquine, Lugano aurait peut-être été intimidé par ce magistral toupet.

— Audacieuse, fit-il sans changer de ton, vous vous nommez Jacqueline Froimivelle et êtes la fille d'un braconnier, condamné aux travaux forcés à vie, pour avoir assassiné un garde, que vous-même aviez attiré dans un pavillon de chasse... De plus, les actes que vous m'avez montrés ont été soustraits frauduleusement par votre amant, le faux baron Therme de Paray, à la mairie londonnienne de Whitechapel... niez-le donc !

— Tout cela n'est qu'un affreux tissu de mensonges.

— Ah bah ! alors pourquoi le vieux baron, en entrant, il y a quatre jours, dans le cabinet particulier du restaurant Maire, où vous avez été dîner, vous a-t-il appelé Jacqueline, en vous demandant :

« Où en est notre affaire ? »

Pourquoi lui avez-vous répondu :

« Mon cher, tu sais bien que je suis héritière de trois millions et me nomme *désormais* miss Paulette Hornn. »

Ce « désormais » était un chef d'œuvre qui trahissait trop son mensonge, mais ça « aide à ne pas se tromper devant les autres », n'est-ce pas ?

Jacqueline ne répondit rien : elle était atterrée de se voir découverte et son visage blêmissait à chaque nouvelle révélation venant lui prouver combien son interlocuteur était instruit de ses affaires.

— Puis, répondit Lugano, vous vous êtes disputés. Hé ! hé ! trois cent mille francs sur trois millions, c'est maigre. Le baron est pingre, il n'entendait pas vous donner un liard de plus que la prime promise. Il a répondu à vos menaces :

« Mlle Jacqueline Froimivelle, qui trop embrasse mal étreint. Ne me forcez pas à vous rappeler vos faits et gestes, là-bas, du côté de Rambouillet avec votre forçat de père.... »

Là-dessus vous êtes partie d'un franc éclat de rire et avez dit :

« Une menace dans votre bouche est chose passablement risible, car je sais tout, voyez-vous; tout absolument tout!... Vous n'êtes pas plus baron Therme que je suis Anglaise... Vous vous nommez Berr... Ah! si je voulais parler, moi aussi, et dire tout ce que je sais... »

Lugano fit une pose habile, puis rompit brusquement le silence en s'écriant d'une voix tonnante :

— Fille Jacqueline Froimivelle, dites-moi ce que vous savez, je vous écoute.

Jacqueline ne pouvait plus pâlir, et dans cette fille à la tête basse, à l'œil voilé, on n'eût pu reconnaître l'effrontée de tout à l'heure.

— Je sais bien peu de chose, monsieur, murmura-t-elle d'une voix presque timide. Le baron a été marin autrefois, avant d'être noble. C'est lui qui a volé les actes de miss Paulette Hornn et il me les a donnés à la seule condition que je ne garderais que trois cent mille francs sur l'héritage.

— Pourriez-vous me dire quelles relations existaient entre le baron et le vicomte d'Urtille ?

— Le vicomte d'Urtille? non monsieur, il ne m'en a jamais parlé.

Cette réponse embarrassa l'intendant de la Daltès et pendant un moment rien ne troubla le silence du bureau où l'on entendait le sourd roulement des voitures de la rue. Seules de temps à autre, les verroteries des candélabres se mettaient à tinter quand passait un lourd camion.

Jacqueline Froimivelle mentait-elle ou s'était-elle

décidée à dire la vérité? voilà la question que se posait Lugano. Après tout, il n'était pas extraordinaire qu'elle ignorât la liaison du baron avec le vicomte et même ses rencontres avec le marquis. Therme de Paray étant vieux devait se défier des mauvaises langues et, vraisemblablement, ne révélait, à ses complices de rencontre, que ce qu'il était urgent de ne pas leur céler.

Ce raisonnement était tout en faveur de la belle brune ou du moins de la bonne foi de sa dernière réponse, mais n'indiquait pas à Lugano ce qu'il devait décider.

Certes, s'il laissait partir Jacqueline, elle se rendrait immédiatement chez le vieux baron et n'aurait rien de plus pressé que de lui révéler l'enquête dont il était l'objet. C'était logique.

Donc il ne fallait pas lui rendre sa liberté.

Mais le moyen de la retenir sans violer le code, sans user d'arbitraire?

Et l'homme d'affaires par occasion se fouillait — l'esprit — avec acharnement. Jamais, depuis qu'il se connaissait, au cours de sa vie calme près de la Daltès, il n'avait été dans l'obligation de mettre sa tête à une pareille épreuve.

La culpabilité du baron Therme ne faisait plus pour lui l'ombre d'un doute. Le tribunal, il est vrai, n'admettrait pas cette culpabilité sans des preuves beaucoup plus probantes. Pour se les procurer, avant tout, il s'agissait donc de laisser les complices se reposer dans leur quiétude trompeuse, car, au moindre bruit inquiétant, le baron ne manquerait pas de se mettre à l'abri derrière les frontières où Alexandre ne tarderait pas à le rejoindre, si cependant ils n'y étaient allés de compagnie.

Etonnée de ce long silence, Jacqueline regardait celui qu'elle connaissait sous le nom de M. Decourt et n'était pas très rassurée sur ce qu'il pensait et sur les projets qu'il pouvait former à son endroit.

Tout à coup, Lugano prit une feuille de papier, la plaça devant Jacqueline qui, toujours debout, lui faisait face de l'autre côté de son bureau et, lui tendant une plume qu'il avait préalablement trempée dans l'encre.

— Asseyez-vous, dit-il, et écrivez.

— Ecrire ! fit-elle interdite. Ecrire quoi ?

— Ce que je vais vous dicter...

— Mais...

— Pas de réflexions, l'obéissance passive !

Jacqueline eut encore un mouvement de révolte.

— Vous le prenez de bien haut, dit-elle. Si je ne voulais pas ?

— Vous ne sortiriez d'ici que pour vous rendre au Dépôt.

Le nom du Dépôt fit un effet salutaire sur la belle fille qui demanda, tandis qu'un tremblement nerveux la secouait :

— Qui donc êtes-vous ?

Lugano frappa son dernier coup avec une habileté d'inquisiteur de profession.

— N'intervertissons pas les rôles, s'écria-t-il en la foudroyant d'un regard sévère. J'interroge, répondez ! J'ordonne, obéissez !

— Et si j'exécute vos ordres ?

— Je prendrai sur moi de vous laisser libre... à deux conditions, toutefois.

— Lesquelles ?

— Vous retournerez à Rambouillet ou dans les environs et ne reviendrez plus à Paris. De plus, je vous défends expressément de faire tenir au baron quelque message que ce soit, verbal ou écrit. Votre désobéissance serait le signal de votre arrestation... Que décidez-vous ?

Jacqueline Froimivelle se sentait vaincue et, n'ayant plus d'objection à faire, elle répondit simplement en prenant la plume :

— Dictez.

« Je soussignée — commença Lugano — reconnais avoir attiré dans un pavillon de chasse de la forêt de Clairfontaine, près Rambouillet, un garde que mon père, braconnier, a assassiné. Pour ce crime, il a été condamné aux travaux forcés à perpétuité...

« Je reconnais en outre avoir reçu du baron Therme de Paray, se nommant en réalité Berr, et ex-marin... »

— Au long cours ou au cabottage ?...

— Capitaine au long cours, fit Jacqueline.

« ..., Et ex-capitaine au long cours, les titres constatant l'identité de miss Paulette Hornn ; papiers volés par lui dans une mairie de Londres. »

— Maintenant signez.

— A quelle heure dois-je partir ? demanda Jacqueline Froimivelle lorsque Lugano eut fait disparaître dans son portefeuille cette déclaration qu'il venait de relire attentivement pour s'assurer qu'aucune fraude n'avait été commise dans sa rédaction.

— Par le premier train de l'après-midi, répondit Lugano, qui ajouta après avoir consulté sa montre :

— C'est-à-dire que nous avons tout juste le temps de nous rendre à la gare du Havre.

Elle eut un geste de vive contrariété.

— Vous m'accompagnez donc ?

— Parbleu, cela va de soi.

— Mais, monsieur, fit rageusement Jacqueline, il me faut faire ma malle et je n'ai pas d'argent.

En réalité, elle espérait partir seule et s'était déjà assurée qu'il lui restait assez de temps pour prévenir le baron avant son départ. Mais M. Decourt-Lugano quoique tout jeune dans le métier, le pratiquait déjà avec une véritable force. Il avait parfaitement deviné le fond de la pensée de son interlocutrice et, à ses dernières paroles, il fit cette réponse :

— J'ai pitié de votre faiblesse, ma fille, et veux vous éviter encore cette occasion de vous perdre. Si vous voulez revenir après, pour aviser le baron, votre amant, libre à vous ; l'estimation de cette escapade vous a été faite par avance au plus juste prix. Par raison, car vous allez être raisonnable, vous ferez en sorte de vous passer de votre malle ; quant à l'argent nécessaire, je vous le remettrai.

Maintenant partons.

Jacqueline ne trouva aucune objection à faire, et, en montant dans le wagon, se souvenant des gens malicieux qui traquaient son père autrefois, elle était persuadée avoir affaire à un inspecteur de la Sûreté.

A Rambouillet, Lugano prit une voiture et accompagna sa prisonnière jusqu'a Clairefontaine, où il la fit descendre dans une auberge de modeste apparence, située tout contre les écuries du jockey-entraîneur Henry Andrews.

Là, il lui remit de l'argent et lui rappela ses conditions.

— Dans quinze jours où trois semaines, ajouta-t-il, peut-être même avant ce délai, il se pourrait que je revienne à Clairefontaine. C'est qu'alors je viendrais vous chercher pour retourner à Paris où votre présence me sera nécessaire.

Il allait s'éloigner, Jacqueline le retint

— Si j'ai bien compris ce que vous attendez de moi, dit-elle, vous me laissez ma liberté à la condition que je ne revienne pas à Paris et que, sans aucun prétexte, je ne donne de mes nouvelles au baron Therme... Eh bien, monsieur, ces conditions, je vous jure de les remplir sérieusement ; mais il est une chose à laquelle vous semblez n'avoir pas songé, chose qui m'intéresse bien plus directement que vous, c'est vrai...

— Dites ?

— Je ne puis me faire connaître ici sous le nom de Jacqueline Froimivelle, car, ajouta-t-elle plus bas, l'affaire du pavillon de chasse a eu un trop grand retentissement dans le pays pour que ce nom soit oublié.

— Vous avez raison.

— Alors quel nom prendrai-je ?

Lugano réfléchit un instant.

— Au fait, dit-il, prenez le mien, c'est le plus simple... Je vous baptise du nom de Mlle Decourt.

Lorsque Jacqueline se trouva seule, elle se prit à réfléchir sur la triste situation qu'elle s'était créée en suivant les conseils peu délicats du vieux baron. L'éducation que lui avait donné son gredin de père n'était pas faite pour développer sa conscience et lui donner la sensation du remords ; mais d'autres sentiments ne la rendaient pas moins malheureuse. Elle rageait de s'être fait prendre sottement à cet appât fabuleux de trois millions.

En y songeant à tête reposée, sa course à l'héritage avait été aussi bête que possible.

Ah ! cette police ! vraiment il n'y avait qu'elle pour savoir amorcer ses lignes avec un pareil sans-gêne.

Et ce baron — un vieux renard cependant — qui
avait donné dans le piège comme un aveugle. Quel
naïf! car, en somme, c'était à lui qu'on en voulait,
et non à elle.

Qu'allait-il penser de sa disparition subite? Dans
un moment de colère Thermie de Paray qui était parfois pris de fureurs folles comme beaucoup de gens
de mer, serait bien capable de mettre a exécution ses
menaces en la dénonçant.

Il est vrai qu'elle se sentait sous une sorte de protec-
tion. Et puis, de son côté, ne pouvait-elle pas dire la
vérité au sujet des actes volés? Quelle bêtise! Non
certes, elle n'en savait pas assez sur l'ancien marin
pour compenser le tort qu'il pourrait lui faire. Lui
sous les verrous, elle n'en serait pas moins jugée,
internée, et qui sait, peut-être condamnée à mort
comme première coupable. Horreur! les femmes ne
sont pas à l'abri de la guillotine.

Tout d'abord la crainte que lui inspirait le baron
la poussa à lui écrire; mais elle craignait aussi ce
malin de M. Decourt qui connaissait tout, elle se mé-
fiait, et cette méfiance salutaire la tenant sur le qui
vive, elle se décida finalement à obéir et à attendre
les événements.

X

Où le baron prend peur

Comme bien on pense, Jacqueline Froimivelle ne s'était pas fait illusion en se demandant ce que penserait le baron de son absence prolongée et par quel coup de tête il chercherait à se venger de sa fuite.

En effet, le lendemain même de son départ obligé, inquiet de ne pas voir paraître celle sur laquelle il basait une grosse chance de fortune, Therme de Paray se rendit rue Montholon et, à sa profonde stupéfaction, apprit des époux Damourette, les concierges-amateurs, que la jeune personne qui répondait au nom de miss Paulette Hornn n'était pas rentrée depuis la veille.

— Pas rentrée, fit-il très surpris. A quel moment est-elle sortie, monsieur Damourette ?

— Hier matin, répondit le concierge, il pouvait être neuf heures.

— Approchant..., affirma sans façon sa conjointe.

— ... Ou neuf heures et des minutes.

— Mais pas plus ! interrompit de nouveau la concierge.

— ... Lorsqu'un valet de grande maison, — si je puis m'en rapporter à sa mine et à ses manières, — se présenta à ma porte. « Miss Paulette ? » qu'il me fit comme ça — « C'est ici. » Il jeta une lettre sur ma table en ajoutant : « C'est urgent. » Puis se retira...

— Sans saluer ! gronda l'épouse qui devait être à cheval sur les convenances.

— ... Mon devoir était de monter cette lettre, n'est-ce pas, monsieur le baron ?... Je la montai et un quart d'heure après...

— Approchant !

— Ou un quart d'heure et des minutes...

— Mais pas plus !

— ... Notre jeune locataire sortait pour ne plus revenir.

Therme de Paray avait écouté, sans l'interrompre, ce colloque instructif des deux époux. Ne voulant pas laisser deviner la nature véritable de ses craintes, il prononça quelques paroles pour faire croire que la jalousie le tourmentait et prit congé.

— Le pauvre vieux croyait avoir une vertu, pensa tout haut le concierge, et comme il se trompait, n'est-ce pas, madame Damourette ?

— Approchant, répondit celle-ci.

Chemin faisant, le baron se disait :

— Sans aucun doute la lettre devait venir de chez ce M. Decourt... Si j'ai bonne mémoire, Jacqueline m'avait touché un mot de ce valet à la belle prestance... Mais qu'est-elle donc devenue, la gueuse ? M'aurait-elle joué le tour après avoir touché l'héritage ?... Ah ! cela te coûterait fort cher, ma petite !... Minute, ne nous emballons pas, elle dit qu'elle sait tout... mais non, c'est une rouée, elle cherche à me tenir comme je la tiens... comment saurait-elle ?... Le plus pressé est de remettre la main sur elle....

Tiens, au fait, si je m'adressais à M. Decourt; c'est
de son ressort, à cet homme.

Il entra chez Scossa, devant l'établissement duquel
il était arrivé, et écrivit à la hâte ce mot :

« Ayant à prendre une consultation au sujet d'une
« affaire d'intérêt, je vous serai obligé, Monsieur, de
« vouloir bien, sans trop tarder, m'assigner un ren-
« dez-vous, soit chez vous, soit dans quelque lieu
« de réunion des quartiers du centre. »

« BARON THERME. »

— Cette lettre, au 8 de la place Louvois, dit-il au
chasseur, qui accourait à son appel; et des ailes aux
pieds, n'est-ce pas! Il y a une réponse.

Pour tromper son attente forcée, il parcourut dis-
traitement les journaux et fut satisfait d'y découvrir
un entrefilet annonçant le prochain départ de « l'assassin de la rue de Laval » pour une maison cen-
trale où devait s'écouler son temps de détention.

— C'est une affaire jaugée, murmura-t-il; mais
elle a bien traîné. Ces juges sont d'une inconceva-
ble indolence.

Puis, comme son commissionnaire revenait, le
baron demanda, voyant qu'il rapportait sa propre
lettre :

— Comment, vous n'avez pas trouvé?

— M. Decourt, répondit le chasseur, ne demeure
plus place Louvois.

— Bah! Vous ne vous êtes pas informé de sa nouvelle adresse ?

— La concierge, auprès de laquelle j'ai voulu me
renseigner, ne sait rien.

— Mauvais, mauvais! pensa à part lui le baron. Ce

3

déménagement rapide d'un monsieur qui ne laisse pas sa nouvelle adresse ne m'annonce rien de bon, surtout coïncidant avec la disparition si imprévue de Jacqueline...

Tiens, tiens, j'y songe; il n'est pas impossible qu'il y ait eu entente entre eux. Ces hommes d'affaires sont toujours à l'affût d'une nouvelle aubaine. Il aura proposé le partage en menaçant de faire tout manquer en cas de refus. C'était adroit, j'en aurais moi-même fait autant... Après un pareil marché leur fuite est toute naturelle...

Si c'était autre chose pourtant ?

Ce Decourt doit être connu.

Une nouvelle pensée moins réjouissante peut-être que la première venait de lui traverser l'esprit.

Il demanda le Bottin de Paris et se mit à consulter fiévreusement deux listes, celle des noms et celle des gens d'affaires. Dans la première, aucun Decourt ne remplissait la profession d'homme d'affaires et, dans la seconde, il n'y avait pas un seul M. Decourt.

C'était à faire rêver.

— Ma seconde idée est la bonne, pensa Therme de Paray. Etant donné que, pour moi tout mystère doit cacher un piège, je suis en droit de me défier. Ce M. Decourt qui fait l'homme d'affaires sans l'être et disparaît, au moment de verser les millions, me semble, comme dans la fable, un bloc par trop enfariné... Le mieux, je crois, est de simuler un voyage. On ne sait ce qui peut arriver, et il est toujours bon de paraître ne pas vouloir respirer le même air que MM. de la brigade des recherches auprès de laquelle notre ami Decourt me semble accrédité.

Il reprit le chemin du boulevard Saint-Michel, et

comme il n'avait à son service qu'un seul domestique apte à toutes les fonctions, il crut adroit de le laisser pour remplir momentanément celles de concierge, et lui annonça qu'il s'absentait pour quelque temps.

— Monsieur m'emmène ? demanda le domestique.

— Non, mon ami ; j'ai encore quelques affaires de valeur ici et il me faut laisser un gardien de confiance.

— S'il vient des lettres pour monsieur, où les enverrai-je ?

Le baron sembla réfléchir.

— Au fait, dit-il, tu les garderas. Je n'ai aucune correspondance bien sérieuse pour l'instant et, en voyage, rien n'est plus désagréable que d'avoir à répondre, par politesse, aux invitations auxquelles on ne peut se rendre... Allons, va me chercher un fiacre.

— Si j'attelais le coupé de monsieur ?

— Inutile.

En mettant sa petite valise dans la voiture qu'on avait été lui chercher, Therme de Paray dit au cocher, assez haut pour être entendu de son domestique :

— Gare Saint-Lazare.

Arrivé à destination, il paya son automédon et le laissa s'éloigner ; puis, au lieu de pénétrer dans le grand hall de départ, il se prit à contourner les bâtiments en construction de la nouvelle gare et remonta la rue d'Amsterdam jusqu'à l'intersection de la rue de Londres.

Là, il passa la porte d'une maison meublée et y retint une chambre.

XI

Réconciliation

Si M. et Mme Boisdru se désolaient de la mort
violente du vicomte Angel d'Urtille, mort qui avait
simplement dérangé les projets matrimoniaux de
leur fille, cette dernière, revenue de sa grande douleur, qui n'était, à vrai dire, qu'un furieux dépit de
sa malchance, avait enfoui déjà sous ses orgueil-
leuses visées le souvenir de son fiancé.

Selon l'expression populaire, malgré la longue et
désespérante épreuve qu'elle en avait fait avant ses
fiançailles, elle se disait :

— Un mari de perdu, dix de retrouvé.

A Nice, où les riches éleveurs s'étaient rendus,
pour donner un dérivatif au chagrin de Rachel,
celle-ci, voyant quel monde brillant on coudoyait
sur la promenade des Anglais et sur la route de la
Corniche, se reprit à espérer. Raisonnablement, il
était impossible que, en dehors des chances aléatoi-
res suscitées par sa provocante beauté, l'intérêt ne
vint pas pousser vers elle certains gentilhommes
ruinés de fond en comble par la roulette de la prin-
cipauté voisine, mais n'en restant pas moins amateurs des plaisirs coûteux.

Pourtant, oubliant de mettre en ligne de compte

la fierté de ces parasites de la mode qu'elle rangeait dédaigneusement au nombre de vulgaires coureurs de dots, toutes ses avances, cette fois encore, demeurèrent infructueuses.

De retour à Paris, vers la fin du carême, Fortuné Boisdru, quoique très fatigué de la saison qu'il venait de passer sur le littoral, n'en rouvrit pas moins ses salons, sur les instances réitérées de sa fille.

Paris est le centre obligé, la table immense autour de laquelle il y a place pour tous les joueurs de l'existence ; l'arène grandiose dont l'enceinte est foulée par tous les hardis lutteurs pour la vie que fournissent les deux mondes. Chaque jour amène à Paris une foule cosmopolite de vagabonds en sabots et de messieurs à équipages. Le tourbillon de la capitale entraine les uns et les autres dans sa grande roue de loterie. Peu de temps lui suffit pour intervertir les rôles.

Paris étant la ville où rien ne manque, ni les beautés, ni les hontes, les véritables amateurs de dots ne tardèrent pas à affluer dans le salon hospitalier de la rue de Rivoli.

Mais, la constante déveine de Rachel continuant à la poursuivre, elle repassait avec acharnement tous les prétendants qui se prononçaient, par la bonne raison qu'aucun d'eux n'appartenait à la noblesse et ne portait ce qu'elle voulait à tout prix, le titre et la particule.

A parler franc, la mauvaise chance de Rachel était aussi réelle que peu ordinaire, la noblesse ayant une foule de représentants dont le blason est à vendre.

La vanité affolait la belle demoiselle Boisdru et, de même que ces corps flottants que la moindre dépression repousse à la surface, de même cette suffisance apparaissait sur sa figure. Le pauvre marquis du Valdamour, dans sa folie, avait vendu sa conscience pour être présenté à Emilia Daltès; Rachel eut volontiers vendu son âme à Satan, si ce dernier s'était engagé à lui faire épouser un noble, fut-il taré.

Depuis le retour du printemps, le baron Therme de Paray avait repris sa vie habituelle. Pendant tout un mois, il était resté confiné dans l'hôtel meublé de la rue d'Amsterdam où matin et soir, il parcourait tous les journaux, torturé par la crainte d'y voir figurer son nom. Puis, au bout de ce temps, ne voyant toujours rien, il s'était tranquillisé, se disant qu'après tout, Jacqueline avait pu n'agir que pour elle-même et se raillant de sa peur à l'égard de M. Decourt, l'introuvable agent d'affaires.

La famille Boisdru, bien entendu, était moins au fait que personne de ce bel effroi du baron et ne se doutait même pas qu'il eût fait ou simulé un voyage, puisqu'elle était rentrée à Paris au moment où lui-même y faisait sa réapparition.

Or, par une après-midi de mai, tandis que le père Fortuné et sa femme se prélassaient paresseusement sous les ombrages de Madrid, Rachel essayait un nouveau cheval et se livrait, seule, dans les allées du Bois, à des exercices de haute école.

Soudain, comme elle allait se relancer après une volte admirable, sa figure s'empourpra de colère, ses mains se crispèrent sur les rênes, arrêtant court le cheval.

L'orgueilleuse jeune fille venait de voir, venant à elle, un cavalier dans lequel elle n'avait pas eu de peine à reconnaître le baron Therme de Paray, l'homme qu'elle haïssait le plus au monde depuis le soir où, comme on sait, celui-ci avait insolemment fait une blessure à sa vanité.

Comme elle tournait bride très ostensiblement, en donnant à son visage un air significatif que le mot répulsion pourrait à peine traduire, le baron piqua des deux pour la rejoindre. Il n'avait garde de manquer cette occasion tant cherchée et, pour arriver à ses fins, était décidé à entendre sans se fâcher, les boutades de la jeune Boisdru, dont il voulait également ne pas voir les airs de dédain.

Le regard du baron, quand cela lui plaisait, aurait pû servir de miroir aux alouettes, c'est-à-dire qu'il était fascinateur au possible, dérobant derrière son aimant les rides de son âge et le mauvais rictus de sa lèvre. C'est à ce regard que s'était laissé prendre Robert du Valdamour.

En moins de deux minutes, Therme de Paray eut rejoint Rachel Boisdru, qu'il accosta avec son aisance habituelle, en s'informant de sa santé, d'une voix tendrement émue, en simulant un respect d'esclave et surtout en plongeant dans ses yeux son regard d'épervier en chasse.

Rachel le regarda à son tour, elle semblait opérer une sorte d'examen qui ne fut pas trop défavorable au baron, car, changeant ses manières de tigresse en celles de chatte — deux animaux qui avec la femme composent le mieux caractérisé des trio féminins — elle laissa tomber sa main dans celle que lui tendait le vieux gentilhomme.

— Monsieur, dit-elle en même temps, je ne vous croyais plus d'âge à jouer à la poupée.

Tout autre que Therme de Paray en fut demeuré interdit ; lui, prit cette boutage avec gaieté.

— Est-ce une énigme ? demanda-t-il en riant son rire indéfinissable.

— Une énigme... Oh ! non... Ne m'avez-vous pas traitée de petite fille ?

— Si cela est, votre mémoire est meilleure que la mienne, mademoiselle, car je n'ai aucun souvenir d'un tel manque de courtoisie. Mais si cette faute a été commise pardonnez-là, en pensant que, à tout âge, les hommes et les enfants se ressemblent ; les uns et les autres se dépitent parfois, les uns et les autres disent souvent ce qu'ils ne pensent pas.

— C'est à mon tour, monsieur, de ne plus vous comprendre.

Le baron Therme porta vers ses lèvres la main qu'il n'avait pas abandonné.

— N'avez-vous pas deviné que je vous aime ? s'écria-t-il d'un ton théâtral.

Le mouvement du gentilhomme avait été si spontané que Rachel n'aurait pas trouvé le temps de retirer sa main, malgré la haine violente qu'elle s'avouait avoir.

Mais qu'allons nous parler de haine, il en était ma foi bien question à présent, et si la jeune fille n'avait pas retiré sa main c'est que, en vérité, elle se sentait pour la première fois de sa vie prise d'un grand trouble où l'étonnement et la joie se mêlaient à doses égales.

— Quoi, vous m'aimez ? murmura-t-elle.

Le vieux baron avait joué plus d'une comédie en sa vie, sans parler des drames, aussi, en voyant l'émotion de la petite Boisdru, n'eut-il pas de peine à comprendre qu'avec un peu de bonne volonté et, en appuyant sur la vanité de la jeune fille, sa corde sensible, la victoire lui était assurée

Il reprit donc plus bas, sans quitter sa voix de théâtre et en lui donnant ces inflexions passionnées que l'orchestre accompagne habituellement en sourdine.

— Avez-vous donc oublié votre voyage en Italie, mademoiselle ? et suis-je assez malheureureux pour que vous ayez perdu le souvenir de nos belles soirées milanaises ? Ah ! sous ce rapport, si ma mémoire n'était fidèle, mon cœur serait là pour tort lui rappeler, la brillante fête de gala de la Scala où, pour la première fois je vis deux étoiles, la Daltès, la divine cantatrice et l'autre, bien plus élevée, bien mieux rayonnante, éclipsant tout autour d'elle, car c'était vous, Rachel, vous l'étoile de beauté.

La nuit qui suivit fut traversée de songes agréables et d'insomnies douloureuses. Les premiers vous montraient à moi sous un jour amoureux et, dans les moments de veille, je vous voyais hautaine, dédaigneuse, aimant à faire souffrir.

C'était comme l'annonce d'une lutte énergique, acharnée, entre ma passion déjà violente et vos deux caractères.

J'en acceptai l'augure !

Le lendemain même, j'allais trouver un de mes amis que je savais être en relation avec votre père et qui voulut bien me présenter à lui.

Peu de temps après, de retour à Paris, je fis restaurer mon hôtel et j'inaugurais des fêtes en votre honneur. Aux yeux de la foule qui encombrait mes salons, je passais pour un heureux de ce monde auquel tout sourit quand il veut et cependant j'avais la mort dans l'âme.

Ces soirs-là, Rachel, les yeux constamment fixés sur la porte, j'attendais votre venue avec l'anxiété d'un amoureux de vingt ans. — Oui, de vingt ans ! mon cœur est jeune, il n'a pas plus que cet âge ; vous êtes son premier, son unique amour! Et quand la porte ouverte à deux battants, la voix de mon domestique s'élevait pour annoncer un autre nom que le vôtre, croyez-le, je souffrais le martyre.

Enfin, lorsque vous paraissiez, la joie, le bonheur, l'espérance remuaient toutes mes fibres, me faisant oublier en une seule minute les perplexités, les souffrances de plusieurs jours.

Plus timide qu'un enfant — vous l'aviez remarqué ; n'est-ce pas ?

Je m'approchais de vous, j'hésitais longtemps à vous parler et, quand la hardiesse me revenait, c'était en tremblant que ma voix balbutiait quelques timides paroles.

Plus tard, lorsque tous mes invités s'étaient retirés, je passais des heures entières cloué à la même place, celle que vous aviez occupée avec un semblant de préférence et, de là, les yeux fixés sur la porte, j'évoquais votre radieuse image ; il me semblait que vous reveniez. Je rêvais tout éveillé. J'avais un moment d'illusion du bonheur.

Un jour, Rachel, j'eus le courage de vous avouer l'état de mon cœur.

Vous en souvenez-vous, de cette première déclaration ? Malheureusement, j'avais mal choisi mon temps. Vous étiez nerveuse, agitée ; vous m'écoutâtes d'une oreille distraite, presque par compassion. Sans doute, vous aviez alors en tête un autre refrain car, à peine avais-je fini de parler, sans souci du chagrin que cette sorte de moquerie pouvait me causer, vous vous êtes enfuie en égrenant un rire moqueur.

Dépité de voir ma demande semblablement accueillie, furieux d'être repoussé par vous, et pris d'une jalousie féroce, dans la persuasion où j'étais qu'un rival moins éconduit était cause de tout le mal, je laissai tomber des paroles de colère.

La colère est mauvaise conseillère, vous savez, Rachel ; elle fait dire ce qu'on ne pense pas. Tel était mon cas... Voulez-vous me pardonner ?

Le baron avait débité sa petite tirade et reconstitué, en artiste consommé, l'historique de son amour.

Rachel Boisdru, émue au plus haut degré que pouvait lui permettre la sécheresse de son cœur, eut un tressaillement de joie aux dernières paroles prononcées sur un ton de prière par le vieux gentilhomme. Sa haine, elle le sentait bien, n'était autre que du dépit. Elle n'en voulait plus du tout au baron depuis que celui-ci s'abaissait à demander grâce.

En somme, le vieux roué lui faisait essuyer une défaite piteuse tandis qu'elle se croyait victorieuse et, par commisération pour son grand amour simulé, pardonnait les blessures faites par la jalousie dont elle était cause.

— Venez, dit-elle simplement au lieu de répondre.

Elle cingla sa monture d'un beau coup de houssine et partit à fond de train dans la direction du pavillon de Madrid.

Le baron suivit, fort intrigué. Arrivé aux environs du restaurant, il ralentit son allure par discrétion.

— Père, dit Rachel en sautant lestement à terre près de la table devant laquelle étaient assis les époux Boisdru, vous plairait-il d'inviter à dîner ce soir le baron Therme de Paray ?

— Le baron Therme ? s'écria l'éleveur stupéfait et

craignant une mauvaise excentricité de sa fille dont il connaissait la répul'ion.

— Oui, père, il est dans le bois, tout près d'ici... C'est un plaisir à me faire.

Avec la meilleure volonté du monde, le père Boisdru ne pouvait résister à une pareille demande. Il céda et, quelques instants après, tout le monde était à table, le baron ayant accepté l'invitation sans trop se faire prier.

Le dîner fut plein d'entrain, Therme de Paray se montra ce qu'il était en compagnie, brillant causeur et amusant. Rachel lui tenait tête avec gaité, lui donnant la réplique, se montrant charmante. Par moment, quand elle ne se croyait plus observée, elle regardait le gentilhomme d'une telle façon que celui-ci, habitué qu'il était aux fortunes faciles, n'avait garde de se méprendre sur ce qu'elle pensait, et se réjouissait même d'avoir su, en si peu de paroles, faire revenir à lui la belle héritière des éleveurs.

— Eh ! pensait-il à part lui, ce bêta de vicomte, Angel ne lui tenait pas tant que cela au cœur... C'est égal, lui vivant j'aurais eu du fil à retordre, il a bien fait de disparaître.

A la fin du repas, sur un coup d'œil de sa fille, le père Fortuné Boisdru dit au baron :

— J'espère, Monsieur, que vous nous ferez l'honneur de venir nous voir.

— Mais certainement, cher monsieur, et tout l'honneur sera pour moi.

Les deux parvenus remontèrent en voiture avec leur fille, tandis que le baron sautait en selle. Ils ne se séparèrent qu'à la place de la Concorde.

— Cette fois, c'est chose conclue, cette pécore de

Rachel Boisdru sera ma femme, se dit Therme de Paray en enfilant le boulevard Saint-Germain après avoir traversé la Seine.

Cette petite aurait du se faire comédienne et moi comédien.

Je la crois très forte, à moins qu'elle ne soit sotte à miracle!... Elle a fait semblant de croire que je l'aimais, ou bien elle m'aime comme une toquée.

Oh! si cette comique fillette orgueilleuse savait que j'ai nom Berr et non pas de Paray!

La pensée de la rage que procurerait à Rachel cette déconvenue fit sourire le baron.

Après cette petite satisfaction accordée à son amour-propre contre celle qui l'avait méprisé, ses réflexions devinrent plus sérieuses.

De toute-la belle fortune qu'il avait édifiée si facilement, en trichant dans les cercles, avec le premier million de mise, le million volé en mer, là-bas, à bord de son brick l'*Armor*, devant Valparaiso, sur le cadavre du banquier de Kersaing, dont il avait brisé le crâne à coups de hache; de cette brillante fortune il ne lui restait rien, car les cinquante ou soixante mille francs qu'il possédait encore, représentaient pour lui la misère noire, la misère pouilleuse!

Certes, la question de savoir si Rachel l'épouserait sans fortune ne se posait même pas, ou, pour mieux dire, était toute résolue par le positif. La vaniteuse serait fort satisfaite de ne devoir à son mari que la noblesse. Mais il avait contre lui le père et la mère, des gens connaissant le prix de l'argent, et d'ailleurs lui-même avait trop d'orgueil pour accepter ce compromis.

L'orgueil était aussi son seul vice capital. Sans le

désir de dominer et de briller il serait encore honnête homme peut-être. Mais l'orgueil avait suscité la convoitise, la convoitise s'était assouvie dans un meurtre; puis il avait volé, tué tous les témoins de son premier meurtre et, le sang appelant le sang, voyant sa ruine prochaine, l'intérêt venant à la rescousse, il s'était de nouveau fait assassin, frappant le fiancé de la seule femme dont la fortune pouvait le relever.

Il s'admirait lui-même en se rappelant l'habilité qui avait présidé à ce dernier crime pour lequel il ne pouvait pas être plus inquiété que pour son premier, dont les victimes dormaient en mer, puisqu'il avait fourni à la justice un coupable sur lequel elle s'était payée.

Au croisement du boulevard Saint-Michel, la vision de Jacqueline Froimivelle vint troubler sa quiétude. M. Decourt surtout, l'intriguait plus qu'il ne l'inquiétait maintenant, car, à force de penser à ce bizarre homme d'affaire, le baron s'y était insensiblement accoutumé; il en faisait même une sorte de bon diable qui, le cas échéant, serait fort disposé à lui rendre service en avançant ou faisant avancer, moyennant escompte respectable, une somme importante sur la dot de Rachel.

Ce fut sur cette consolante idée qu'il se coucha et s'endormit.

Dès son réveil, la nuit l'ayant confirmé dans ses espérances, il se fit conduire place Louvois.

— M. Decourt n'habite plus votre maison ? demanda-t-il au concierge.

— Ça, c'est un fait, répondit ce dernier.

— Et vous ne savez pas où il a transporté ses pénates ?

A ce dernier mot le portier ouvrit de grands yeux.

— Ah! dame, ah dame! fit-il interloqué, je n'ai jamais vu ces choses-là chez lui.

Le baron Therme sourit, mais devinant que son interlocuteur jouait au naïf pour esquiver les réponses, il demanda encore, appuyant sa question d'un louis glissé dans la main.

— Il avait une agence d'affaires, n'est-ce pas?

— Oui, monsieur, dit le cerbère dont toute la niaiserie s'en était allée.

— L'a-t-il vendue?

— Je ne puis rien affirmer; cependant c'est peu probable, attendu qu'il aurait un remplaçant.

— C'est juste. Son nom n'est pas sur le Bottin. Avait-il depuis longtemps son cabinet ici?

— Ma foi, à parler franc, il n'y est venu que dix ou douze jours, sa clientèle n'était pas très compliquée, en tout et pour tout il n'a jamais reçu que deux femmes...

— Deux femmes! ne put s'empêcher de répéter le baron.

— Oui, deux femmes, le même jour. L'une était complètement voilée; l'autre, une fort jolie brune, avait un air crâne et des yeux hardis... Ah! dame! c'est un fait, celle-là n'avait pas ses yeux dans sa poche...

Therme de Paray remercia d'une voix mal assurée. Il était repris de toutes ses craintes. De plus, la présence de la seconde femme chez ce M. Decourt constituait une énigme peu rassurante.

La brune, parbleu, c'était Jacqueline Froimivelle. Mais l'autre, l'autre!...

Est-ce que par hasard ce serait la vraie miss Paulette Hornn, cette femme voilée?... Si oui, alors ce

serait elle qui aurait touché l'héritage en faisant établir la fraude des papiers !

Et, de plus en plus perplexe, le vieux baron se
demandait :

— Comment se fait-il que Jacqueline ait eu la
duplicité de ne pas me prévenir qu'une autre femme
était venue le même jour chez Decourt ?... Peut-être
l'avait-il déjà retournée contre moi. Oui, c'est cela.
Le soir, elle me tenait tête et semblait ne plus me
craindre. D'ailleurs, si elle n'a pas la succession, sa
disparition ne peut s'expliquer autrement... A moins
qu'elle ne soit enfermée pourtant.

Oh ! ce Decourt, je le retrouverai ou j'y perdrai
mon nom !

Dans un état de s   excitation impossible à décrire,
il donna l'ordre à son cocher de le conduire à une
agence de renseignements.

Là, après lui avoir fait effectuer un dépôt en rapport avec la difficulté des recherches demandées, le
directeur de l'agence lui promit d'avoir la nouvelle
adresse de M. Decourt, dans les trois jours si ce
n'était pas chose matériellement impossible.

Ce directeur était le chef d'une de ces bandes de
filous qui pullulent dans la capitale et ont pour
mission d'exploiter les naïfs encore plus nombreux
qu'eux.

Il fit son devoir, le nôtre est de l'avouer, car,
ayant prévu le cas d'une impossibilité absolue, il ne
chercha pas et ne trouva rien, sans pour cela manquer à sa parole.

Sur l'invitation de l'habile exploiteur, le baron qui,
à de certaines heures, était un naïf de première force,
renouvela la provision. Puis, las d'attendre et fatigué
de payer, il se tourna d'un autre côté et eut la chance

de mettre la main sur un juif assez bon enfant — exception curieuse à citer, — auquel, contre une traite de un million, payable le lendemain même de son mariage, il emprunta quatre cent mille francs sur la dot de Rachel Boisdru.

Cette somme une fois obtenue, persuadé qu'il était de pouvoir mener à bien son affaire et moins timoré puisque l'argent lui fournissait une arme puissante, le baron Therme de Paray se présenta à l'appartement de la rue de Rivoli et fit officiellement sa demande.

Comme il en était assuré d'avance, la réponse lui fut favorable, et se sentant devenir important, il fit insérer la nouvelle dans tous les journaux mondains, persuadé que cette annonce intimiderait ceux qui voudraient agir contre lui.

XII

Chez juge d'instruction

Quelques jours après sa première visite chez
Emilia Daltès, visite qui avait été la conséquence
d'un grand bouleversement dans la vie calme de
Lugano, M™ Yvonne du Valdamour recevait de l'ex-
cantatrice une lettre la priant de venir la voir de
suite.

Pour dérouter les soupçons d'Alexandre qui veillait avec une vigilance jalouse sur celle dont il ne
doutait pas de faire sa femme, la Vénitienne avait
usé d'un subterfuge adroit.

— Mademoiselle de Kersaing, écrivait-elle —
Yvonne on s'en souvient s'était fait inscrire sous ce
nom — par l'intermédiaire de ma petite Black-Mid,
les cartes m'ont fait connaître que vous serez bientôt
réunie à celui près lequel vous désirez vivre. —
Venez ! »

Ce mot était signé : « Lia la gitana ».

Alexandre, entre les mains desquels il était tombé
et qui ne s'était pas fait faute de l'ouvrir n'y avait
rien compris, comme bien on pense, ou pour mieux
dire avait tourné l'énigme à son avantage, très flatté
de pouvoir se persuader qu'Yvonne avait été consulter une tireuse de cartes au sujet de leur commun
bonheur et satisfait d'en voir la solution prochaine.

Aussi, dans sa maladresse de rustre, au lieu de celer son indiscrétion en feignant une curiosité bien naturelle de sa part, conseilla-t-il à Yvonne de se rendre, sans tarder, chez la cartomancienne, pour avoir d'elle quelques détails.

La marquise ne douta pas un seul instant que cette lettre venait de la place Malesherbes. Le nom de Black-Mid lui remettait en mémoire le costume étrange dans lequel elle avait pour la première fois vue la Daltès.

Dans la crainte d'être suivie, elle profita d'un moment où Alexandre était retenu par M⁰ᵉ Obusier, pour quitter l'hôtel de la rue de Laval et gagner les boulevards extérieurs.

— Ma chère Yvonne, lui dit Emilia en l'embrassant comme une sœur, notre ami Lugano s'est pris d'un beau dévouement pour vous et il a travaillé votre affaire en véritable artiste. Grâce à ses efforts, je crois que nous touchons au but.

Tenez, ajouta-t-elle en attirant miss Paulette Hornn devant Yvonne; grâce à lui nous avons mis la main sur la jeune Anglaise qui occupait la chambre en face de celle que vous habitez aujourd'hui... Vous pouvez la regarder, ma chère marquise, miss Paulette est une honnête fille beaucoup plus malheureuse que coupable, elle a été trompée par le même démon qui s'était fait le mauvais ange du marquis, par celui qui est, j'ai tout lieu de le croire, le meurtrier du vicomte d'Urtille, et le témoignage de cette jeune personne nous sera plus qu'utile.

Yvonne et Paulette se regardèrent et se tendirent la main. Chacune d'elles comprenait et compatissait aux souffrances de l'autre.

Maintenant, ajouta l'ex-cantatrice, le moment est

venu d'agir, ma chère marquise. Il s'agit de brûler vos vaisseaux ou, si vous préférez, il faut absolument que vous vous empariez sans tarder des deux lettres écrites par M⁰ Hornn.

— Et si Alexandre s'en apercevait?

— Tant pis! Ne vous ai-je pas dit que nous brûlions nos vaisseaux, c'est-à-dire qu'il ne faut plus temporiser... S'il s'en apercevait? Eh bien, il perdrait sa peine à vouloir fuir, nous serons plus rapides que lui...

Aussitôt que ces lettres seront entre vos mains, vous me les apporterez.

— Et puis?

— Et puis, vous et miss Paulette Hornn, vous viendrez toutes deux avec moi chez le juge d'instruction.

Courage et espoir, chère marquise, les gros nuages noirs du dernier orage commencent à quitter le ciel. Regardez l'avenir, je le vois beau pour vous; il tient parfois ce qu'il promet... Ne pensez plus qu'au bonheur d'aimer et d'être aimée... le marquis vous sera rendu!

En parlant, Emilia Daltés s'était exaltée et c'est sur un ton d'inspiration qu'elle avait prononcé ces dernières phrases.

— Ah! puissiez-vous dire vrai! s'écria Yvonne toute remuée.

Le cœur débordant de joie, elle courut chez elle en embrassant follement sa fille tout le long du chemin.

En passant devant le bureau-chambre de M⁰ Obusier, au premier étage de l'hôtel, elle fit signe au garçon de monter.

Quelques instants après, Alexandre, pénétrait dans la chambre n° 15.

— Eh bien, demanda-t-il sans préambule, qu'a dit la gitana, comme qui dirait la diseuse de bonne aventure?... Le temps fixé est écoulé, vous savez; quand nous marions-nous?

— Mais quand vous voudrez, répondit Yvonne, heureuse d'esquiver une explication sur sa sortie. D'ailleurs nous devrions causer un peu de cela... C'est une grave décision, le mariage... Au fait, Alexandre, pouvez-vous déjeuner avec moi aujourd'hui?

— Si je le peux! certainement, ma jolie demoiselle, et je m'observerai, allez! je vous jure que je ne me griserai pas.

Toute flatteuse que fût cette promesse, Yvonne n'eut pas l'air d'en être charmée.

— Mieux vaut pourtant être prévenue, pensa-t-elle.

Et elle ajouta plus haut :

— Cette fois, c'est à moi de vous rendre votre politesse. Attendez-moi un moment, je vais commander ce qu'il faut et je reviens.

Mieux valait en effet être sur ses gardes. Comme Alexandre avait manifesté l'intention de se bien conduire, Yvonne n'eut plus recours à sa première méthode, addition d'alcool et de vin ; mais, à la fin du repas, la petite Roberte ayant adroitement captivé l'attention du garçon d'hôtel, la marquise en profita pour verser dans son verre quelques gouttes d'un calmant soporifique qu'elle était allée acheter.

— A la réalisation de nos souhaits ! dit-elle ensuite en tendant son verre.

Alexandre vida le sien d'un trait et ne tarda pas à s'endormir.

Persuadé qu'il ne pouvait avoir ailleurs que sur lui les lettres qu'il lui fallait saisir, Yvonne s'approcha du garçon d'hôtel et fouilla hardiment dans ses poches.

Les poches ne contenaient rien.

Yvonne avait eu une seconde d'hésitation, ce qu'elle voulait faire lui paraissait bien osé; mais c'était pour Robert. Alors, laissant à côté du dormeur sa petite Roberte, avec recommandation de crier si le *monsieur* venait à bouger, la marquise, aussi décidée que César franchissant le Rubicon, s'élança dans la chambre d'Alexandre et força les tiroirs de la commode avec son tire-boutons.

Dans l'un deux était le portefeuille, et le portefeuille contenait toujours les lettres.

Yvonne s'empara des deux écrits accusateurs et, son expédition se bornant là, laissant Alexandre continuer son somme les pieds sous la table, elle sauta dans un fiacre pour être plus vite rendue chez la Daitès.

Moins d'une heure après, la victoria de l'ex-cantatrice déposait, à la porte du juge d'instruction, les trois femmes accompagnées de Lugano.

Il leur fallut attendre un bon quart d'heure, le magistrat étant en conférence.

Puis, ils furent introduits.

Tout en lui mettant les lettres sous les yeux, et en lui prouvant que, par ricochet, la dot promise à Mlle Rachel Boisdru était la cause principale du meurtre de la rue de Laval, Lugano expliqua longuement au juge stupéfait de quel procédé il avait usé pour assurer le succès de sa contre-enquête et comment, par l'appât d'un héritage fictif, il était parvenu à faire ce beau coup double de mettre la main sur la véritable miss Paulette Hornn et sur une fausse Anglaise par laquelle il connaissait l'identité de l'assassin de la rue de Laval...

— Alors d'après vous, interrogea le juge, le meurtrier serait le baron Therme de Paray ?

— Lui-même, fit la Daltès.

— Les lettres que vous avez en main et le témoignage de Mlle d'Horn établissent déjà sans conteste la culpabilité de cet homme, dit à son tour Mme du Val d'Amour ; mais notre meilleure preuve est encore en liberté ; à mon humble avis, la première chose à faire serait de mettre en état d'arrestation un nommé Alexandre, garçon à l'hôtel de Mlle Obusier. Il a certainement servi de complice puisqu'il a reçu de l'argent et veut se retirer.

Le magistrat compulsait les notes étalées sur son bureau et semblait très perplexe.

— A tous égards, cet affaire est déplorablement embrouillée, murmura-t-il tout à coup. Les documents et les témoignages que vous m'apportez, mesdames me semblent probants et pourtant je suis moins avancé que jamais. Evidemment, si le marquis du Valdamour est innocent, comme à l'heure actuelle et bien tardivement je penche à le croire, la justice s'est laissée surprendre par les savantes machinations du criminel, plus redoutable encore que vous pensez, et que nous ne tenons certes pas, puisque, alors même que la condamnation est prononcée, c'est-à-dire au moment où il devrait se tenir tranquille, il ne cesse d'épaissir l'imbroglio autour de lui.

— Que voulez-vous dire ? demanda Emilia.

— Ceci, si notre bonne foi a été surprise une première fois par les soins du meurtrier, rien ne prouve qu'elle ne le soit une seconde et que, suivant l'impulsion donnée par ce remuant criminel, nous ne fassions deux, trois victimes au lieu d'une.

Emilia, Yvonne et Lugano se regardèrent ébahis.

Ce dernier cru devoir traduire la pensée commune :

— Expliquez-vous, monsieur le juge, murmura-t-il, nous comprenons de moins en moins.

— C'est bien simple pourtant. Vos révélations me gênent, vos preuves m'étonnent. Tout cela me semble être préparé comme à plaisir et avec intention, pour venir tôt ou tard entre mes mains. J'ai peur, franchement, peur de me laisser entraîner à arrêter d'autres innocents, parce que les révélations pleuvent autour de moi, que je suis débordé par les preuves et que les accusations atteignent des personnes différentes !

Le quatuor des contre-enquêteurs était si abasourdi qu'il ne trouva rien à répondre.

— Tenez, reprit le magistrat en essuyant la sueur qui perlait sur son front, avant de vous recevoir j'avais ici même un accusateur : un accusateur digne de foi, tant par la haute situation qu'il occupe que par la présence avec lui du seul témoin authentique qu'ait eu le meurtre de la rue de Laval...

— Le docteur Veshumyd, n'est-ce pas ? interrompit la Daltès.

— Avec Cacatois, ajouta Mme de Valdamour.

— Et qui accusaient-ils ? interrogea Lugano.

Le juge d'instruction murmura.

— Les preuves sont accablantes et d'après eux, le meurtrier serait un ancien capitaine au long cours, nommé Berr.

— Le capitaine Berr ! fit Yvonne en contenant à

deux mains les battements de son cœur. Le capitaine Berr, l'assassin de mon père !

— Le même ! c'est le même ! crient en même temps Emilie et Lugano. Le capitaine Berr et le baron Therme sont une seule personne !

. . . .

Comme Alexandre, encore sous le coup des lourdeurs du soporifique qu'il avait absorbé, se réveillait dans la chambre 15 et commençait à s'étonnner de ne pas voir Yvonne près de lui, il entendit frapper à sa porte.

Ne doutant pas que ce fut la jeune femme qui s'était absentée par égard pour son sommeil, il alla ouvrir et se trouva en présence d'un commissaire de police flanqué de deux agents derrière lesquels on pouvait apercevoir la grosse figure effarée, mais toujours épanouie de Mlle Oliva Obusier.

— Que me voulez vous ? demanda le garçon décontenancé.

— Suivez-moi, répondit le commissaire.

— Vous suivre ! où cela ?

— Chez le juge d'instruction.

— Par exemple ! Qu'irais-je faire chez le juge d'instruction !

— Pas de phrases et dépêchons, dit le commissaire en faisant un signe aux agents qui s'emparèrent d'Alexandre.

Mais Mlle Obusier s'était mise en travers de l'escalier, obstruant tout le passage et demandant :

— Pourquoi emmenez-vous donc mon garçon ?

Elle n'eut pas même l'honneur d'une réponse et les agents, la poussant doucement, rendirent son héroïsme stérile. Elle dégringola les degrés en roulant et, toute interdite, sans savoir comment, se retrouva dans son bureau-chambre, dans son fauteuil à oreilles, devant son électro-avertisseur qui était impuissant à lui fournir le motif de l'arrestation de son garçon d'hôtel.

Si Alexandre avait été quelque peu surpris d'être arrêté par un commissaire de police, sa stupéfaction ne connut plus de bornes quand il se trouva, chez le juge instructeur, en présence d'Emilia Daltès et de Lugano, qu'il connaissait pour les avoir aperçu aux assises, de miss Paulette, dont il se souvenait bien, et d'Yvonne. Soupçonnant bien tard qui lui valait cette sortie par contrainte, il jeta sur cette dernière un regard chargé de haine.

Interrogé sur le rôle qu'il avait joué dans le drame sanglant de l'hôtel meublé, Alexandre commença par se défendre avec hauteur d'y avoir aucunement participé. Puis, devant les affirmations précises des témoins, surtout à la lecture des lettres dont il se savait détenteur, il perdit l'espoir d'être relâché et, pour s'attirer la clémence des juges, sachant que par coutume la sévérité du tribunal est amoindrie pour le coupable qui devient dénonciateur de ses complices, il se décida à dire la vérité.

Il avoua que le marquis Robert du Valdamour était bien rentré à onze heures du soir, tandis que lui-même, Alexandre, se promenait dans la rue, en face de l'hôtel pour lui laisser le champ libre et pouvoir affirmer qu'il ne l'avait pas vu.

— A qui donc avez vous ouvert la porte aux environs de dix heures ? demanda le magistrat.

— Au baron Therme...

Sur un signe d'assentiment du juge, Lugano interrompit, demandant à son tour :

— Vous voulez dire à M. Berr ?

— M. Berr ?

— Oui, celui que vous appelez Therme de Paray se nomme en réalité Berr tout court, ou capitaine Berr. Ne le saviez-vous pas ?

— Certes non. C'est la première nouvelle... Enfin, pour reprendre, le baron Therme ou le capitaine Berr est donc venu à dix heures...

— Quel intérêt aviez-vous à l'introduire dans la chambre 15 ?

— Aucun.

— Vous mentez ! car je vais vous répéter vos propres paroles : « Je ne suis pas riche, avez-vous dit, mais je possède du moins une somme qui nous permettra de bien vivre et qui s'augmentera. Dans peu de temps, nous pourrons nous établir en achetant l'hôtel de Mlle Obusier ou un autre. » Comment se fait-il que vous teniez de pareils discours à Mme la marquise du Valdamour ?

— Ah bah ! s'écria Alexandre qui dans son ahurissement regarda Yvonne avec des yeux presque attendris. Ah bah ! j'ai donc fait la cour à une marquise ? Il n'y a pas à dire, j'y ai été de mon voyage ! Elle est rouée, la marquise, et comme qui dirait rudement madrée !...

— Eh bien ! vous ne répondez pas ? insista le juge... La vérité est que vous êtes le complice du soi-disant baron.

— Parbleu ! répondit Alexandre, décidé à ne pas s'intimider. Parbleu ! qui vous dit le contraire ? J'ai conduit moi-même le vieux bonhomme dans la chambre du marquis.

A dire vrai, je ne savais pas que son intention fut de pousser les choses jusqu'au tragique.

A peine entré, le baron s'est emparé de la hache rouillée qui appartenait à M. du Valdamour ; puis s'est dissimulé derrière le battant de la fenêtre ouverte.

Pendant qu'il m'attendait, il m'a bien semblé entendre remuer dans la ruelle du lit ; mais ni lui ni moi n'avons eu le temps de contrôler, parce que le Vicomte d'Urtille revenait de chez miss Paulette Hornn en passant sur la porte de placard qui, à travers la cour, mettait les fenêtres des deux chambres en communication.

Comme le vicomte retirait son pont suspendu, profitant du moment où il avait les bras occupés, M. Therme l'a frappé de toutes ses forces au milieu du dos. Le vicomte est tombé sans faire ouf !

Pressés de nous éloigner de son cadavre et sans plus nous occuper du bruit entendu dans la ruelle, nous sommes descendus au bureau. Là, le baron m'a remis quinze mille francs en disant qu'il doublerait et même triplerait la somme si je continuais à bien le servir.

— Une dernière question. Pouvez-vous me dire pourquoi Mlle Obusier, votre patronne, a apporté à la barre un témoignage mensonger en affirmant que M. du Valdamour était rentré à dix heures ?

— Pour ça, Oliva n'a pas menti. La pauvre grosse a été mise dans l'erreur par le trop bon fonctionnement de son système d'avertisseur. Et, voyez, mon juge, toute l'erreur de l'affaire est comme qui dirait basée sur le système d'Oliva, sans jeu de mots s'entend. En effet, à dix heures, le baron ayant pris la clef du n° 15 sur la planchette, l'avertisseur électro-automatique a fonctionné près du fauteuil à oreilles de la patronne, l'induisant ainsi en erreur.

L'interrogatoire étant terminé, Alexandre fut écroué dans une cellule du Dépôt.

— Mademoiselle, demanda le juge d'instruction à Emilia, êtes-vous avisée du jour où doit avoir lieu le mariage du capitaine Berr avec Mlle Rachel Boisdru ?

— Oui, monsieur, jeudi prochain. Mais c'est la veille au soir que doit avoir lieu la signature du contrat, chez maître Falateuf dont l'étude est voisine de mon hôtel.

— C'est au mieux, mademoiselle, je vous donne donc rendez-vous, à vous, à ces dames et à monsieur votre intendant pour mercredi soir à l'étude du notaire Falateuf.

Puis s'adressant à Lugano, le juge d'instruction ajouta :

— Ne m'avez-vous pas dit que Jacqueline Froimivelle avait été conduite par vous à Rambouillet ?

— Oui, monsieur, je craignais qu'elle ne mit M. Berr, son amant, au courant de mes recherches. Je vous avouerai même qu'elle a dû me prendre pour un agent de police, car non seulement je l'ai menacée de la faire arrêter si elle ne me suivait pas; mais encore je l'ai forcée à constater par écrit un ancien crime commis par elle et, de plus, que les actes qu'elle possédait lui avaient été remis par M. Berr, leur voleur.

— Sapristi ! vous êtes merveilleusement renseigné. Comment savez-vous tout cela ?

En peu de mots, Lugano raconta l'histoire de son odyssée d'homme d'affaires. Comment il s'était renseigné sur les deux Paulette. Comment, dans un cabinet particulier, chez Maire, il avait été mis au fait des agissements du baron et de sa maîtresse, qui occupaient le cabinet contigu, en prêtant l'oreille à leur édifiante conversation.

Son voyage à Londres et sa conduite envers Jacqueline remplirent d'admiration ce magistrat qui s'écria lorsqu'il eut fini :

— Peste ! *mon cher confrère,* je reconnais en vous un maître !... Dites-moi, vous répugnerait-il de retourner à Rambouillet et de me ramener cette Jacqueline ? Elle aura son utilité, vous savez.

— Je suis à votre disposition.

— Eh bien ! soyez donc assez aimable pour y aller aujourd'hui même, et ce soir, revenez ici avec votre prisonnière.

Il serra la main de Lugano et salua profondément les trois dames.

XIII

Jacqueline et le fils du garde-chasse

Pour être agréable au juge d'instruction, par lequel il avait été appelé mon cher confrère, Lugano se rendit immédiatement à Rambouillet, puis de là à Clairefontaine.

Parvenu dans la maison où il avait laissé Jacqueline en l'autorisant, on s'en souvient, à ne se faire connaître que sous son nom d'emprunt à lui-même, il demanda M¹¹e Decourt.

— M¹¹e Decourt est morte, répondit la brave femme qui, pour plaire à l'intendant de la Daltès, avait accepté la charge de garder la jeune fille chez elle.

— Morte ! s'écria Lugano.

— Oui, monsieur, ce matin même, et ce pénible événement est d'autant plus regrettable que cette jeune personne n'a pas craint d'attenter à ses jours...

— Elle se serait suicidée ?... Pourquoi ?

— Hélas ! monsieur, elle a fait comme vous dites, et les langues en profiteront pour nous accuser, c'est sûr. Quant au motif qui a poussé la malheureuse, je l'ignore ; mais, prévoyant votre retour, elle a laissé une lettre que voici.

Très affecté par la mort de cette fille, surtout parce que sa disparition lui enlevait son meilleur témoin, Lugano prit la lettre.

Racontons à la suite de quelle terreur et pour quelles raisons Jacqueline Froimivelle, se jetant à l'eau comme Gribouille par crainte de se mouiller, avait pris et exécuté sa froide détermination.

Deux jours ou trois jours après son arrivée dans cette maison de Clairefontaine, un jeune homme, ami des propriétaires, était venu s'y installer.

Les repas se prenaient en commun.

Au déjeuner qui suivit, les yeux du jeune homme ne purent se détacher du visage de la maîtresse du baron, ce qui n'était pas extraordinaire ni anormal, étant donné que ce visage de brunette n'avait rien de désagréable.

Mais la contemplation du jeune homme n'avait pas trait à la beauté des lignes, et si son cœur battait à rompre, l'amour n'en était point cause. Il cherchait à ressaisir un souvenir lointain et, de temps à autre, murmurait à part lui :

— Non, je me trompe, ce n'est pas Jacqueline Froimivelle.

Puis l'instant d'après :

— Si c'était elle, pourtant ?

Le déjeuner terminé, Jacqueline s'étant retirée, le jeune homme demanda à son hôtesse qui n'avait pas été sans remarquer la constante direction de son regard :

— Vous avez là une charmante jeune fille ; est-ce une parente ?

— Non, c'est une jeunesse bien tranquille qui nous a été recommandée par une personne envers laquelle nous avons des obligations.

— Comment se nomme-t-elle, cette jeune fille ?

— Mlle Decourt.

Ce nom inconnu ne fit pas cesser la curieuse

recherche du nouvel arrivant et, labouré par un doute, il s'avisa d'employer un autre moyen.

Ce jeune garçon, à peine âgé de dix-sept ans, se nommait. Georges Laplace et était fils du garde-chasse assassiné dans un pavillon de la forêt de Rambouillet par le père Froimivelle. N'ayant jamais connu sa mère, l'affection de Georges s'était tout entière concentrée sur son père que, tout jeune, il s'amusait à suivre partout, dans ses longues courses à travers bois.

Vers sa quinzième année, de retour du collège, il s'était aperçu avec chagrin des relations existant entre Jacqueline Froimivelle et le garde. Toutefois, en fils respectueux, comprenant la solitude de son père après un long veuvage, il semblait ignorer ces relations.

Néanmoins, il était vaguement inquiet et croyait utile de veiller.

Le père de Jacqueline passait pour un mauvais drôle très résolu et Laplace, tout à son devoir, l'avait par deux fois fait condamner pour braconnage.

Il n'en fallait pas plus pour allumer une sourde haine dans une tête aussi bouillante.

L'amour du garde-chasse pour cette fille ne l'empêchait cependant pas d'être tout à son fils pour lequel il avait une grande affection et les travaux de chacun d'eux les forçant à se séparer dans la journée, ils avaient la douce habitude de se retrouver à la chute du jour.

Un soir, étonné de ne pas voir arriver son père à l'heure habituelle, et se sentant inquiet comme malgré lui, Georges allait et venait dans les chemins tracés sous la haute voûte des arbres, espérant le rencontrer, lorsqu'il se croisa avec une vieille femme de connaissance.

— Vous quérez vot' papa, m'sieur Georges, lui dit celle-ci. Il y a tantôt une heure que je l'ai perçu causant parlant n'avec un petit fieu qu'avait n'un billet d'écrit. Après l'avoir lu lisant, l'papa s'est engagé pu vif qu'un chevreuil dans l'sentier qu'est là d'vant vous.

Ce fut un trait de lumière pour le jeune homme. Ce sentier conduisait au pavillon de chasse où son père avait ses rendez-vous avec Jacqueline Froimivelle. Le billet, il n'y avait pas à en douter, était un appel du braconnier.

Un rendez-vous à cette heure avancée, cela n'était pas naturel. D'ordinaire, la fille n'attendait pas le coucher du soleil pour se rencontrer avec son amant.

Envahi par un instinctif pressentiment de malheur, Georges suivit le sentier indiqué et arriva bientôt près du pavillon dont les jalousies closes laissaient sourdre quelques rayons de lumière.

Il alla vers la porte et tenta vainement de l'ouvrir.

Il se demandait ce qu'il devait faire, et tournait à petits pas autour de la construction isolée, lorsqu'un cri déchirant vint le faire frémir des pieds à la tête.

Dans ce cri d'agonie, Georges avait reconnu la voix de son père.

D'un bond, le jeune homme fut de nouveau devant la porte contre laquelle il alla donner de toute la force de son épaule, au moment où l'appel désespéré se faisait encore entendre, mais plus faiblement.

Devant cette violente poussée, les vis de la gâche cédèrent arrachées et le battant tournant rapidement sur ses gonds alla choquer avec bruit la muraille intérieure.

Georges, pourtant, n'eut pas le loisir de profiter de suite de sa victoire, car, comme il était encore étourdi de son effort, un homme qu'il ne put reconnaître, sortait du pavillon avec la rapidité de l'éclair, le renversa sur la marche du seuil et gagna à toute course l'ombre épaisse des futaies.

Fou de rage, le jeune homme se précipita dans la pièce éclairée, après s'être relevé, et vit avec épouvante, son malheureux père qui râlait, étendu à terre et baignant dans son sang.

Georges, les larmes aux yeux, chercha à le relever; mais, fixant sur lui ses prunelles déjà voilées, le mourant murmura lentement :

— Inutile, petit, j'ai mon compte, et c'est bien fait, va ! un vieux renard comme moi ne doit pas se laisser prendre au gluau de jolis yeux... Jacqueline m'a attiré ici et Froimivelle m'a réglé...

— Oh ! je te vengerai, père !

— A quoi bon, petit. Pour cette fois, vraiment, j'étais dans mon tort. Le braconnier est un coquin, c'est vrai, et sa fille ne vaut guère mieux... jai agi comme une vieille bête... Aïe !... Bonsoir, petit !

Georges Laplace ne pouvait pardonner et, ainsi que nous l'avons dit, Froimivelle fut condamné aux travaux forcés à perpétuité.

Jacqueline, cependant, ayant quitté le pays, avait échappé à toutes les recherches de la justice et le fils de la victime désespérait de la trouver jamais lorsqu'il descendit chez les gens où Lugano avait placé sa prisonnière. N'ayant pu obtenir aucun renseignement de la maîtresse de maison, Georges s'avisa d'agir par surprise sur la jeune fille elle-même et, un matin, feignant de se méprendre, il pénétra brusquement dans la chambre où Jacqueline s'habillait.

— Oh ! pardon, murmura-t-il prêt à se retirer.

Mais ayant pris le temps de bien observer la figure de celle qu'il venait espionner, il resta, disant à brûle-pourpoint :

— Tiens, tiens, je vous connais, vous êtes bien Jacqueline Froimivelle ?

— Vous vous trompez, dit-elle en tressaillant, je me nomme Mlle Decourt.

— Vous mentez ! s'écria Georges, dont l'œil s'allumait en détaillant ce visage qu'il reconnaissait bien maintenant. Vous mentez et vous avez pris un faux nom !... Vous êtes Jacqueline Froimivelle, fille d'un braconnier...

— Et quand cela serait !

— Enfin ! vous vous êtes vendue, coquine ! C'est vous qui avez fait assassiner mon père par le vôtre... Je vais vous faire arrêter.

A peine fut-il sorti de sa chambre que Jacqueline, sous le coup d'une exaltation fébrile, courut chercher chez le pharmacien une préparation contre les douleurs névralgiques. Puis, rentrée chez elle, elle écrivit précipitamment la lettre suivante que Lugano venait de décacheter :

« Monsieur Decourt,

« Le malheureux forfait que j'ai sur la conscience est connu par trop de monde. Le fils de celui que mon père a tué, malgré mon faux nom, m'a reconnue. Je ne puis supporter l'idée d'une condamnation ; la mort lente des suppliciés, mort dont on ignore l'heure mais qu'on sait imminente, pendant fort longtemps, me fait peur.

« En présence d'une perspective pareille le suicide m'apparaît moins terrible et je vais en user.

« Mais avant de voir paraître les gendarmes que mon justicier est allé chercher, j'ai juste le temps de vous faire un plaisir et de satisfaire une rancune d'esclave pour son ancien maître en vous disant la vérité sur le soi-disant baron Therme de Paray...

« C'est lui qui a frappé le vicomte Angel d'Urtille dans un hôtel meublé de la rue de Lavall

« Le soir même, il est venu chez moi, entre dix et onze heures, pour laver ses mains où se voyait du sang... Je me gardai bien de lui faire aucune observation, le sachant très irritable et capable de tout...

« Il sortit, me disant qu'il allait revenir, et rentra, en effet, un peu avant minuit.

« A peine endormi, il se mit à parler.

« Anxieuse, j'écoutai.

« Dans son rêve, il se félicitait du crime qu'il venait de commettre, croyait en revivre les détails, le recommençait presque... A un moment, il murmura des paroles : « Ce pauvre marquis est un homme flambé, mais personne ne sera plus entre moi et Rachel Boisdru dont la dot me plaît. »

« Au milieu de la nuit, son rêve changea d'objet ; il parla d'un crime ancien et lointain, mais dépassant de beaucoup en horreur celui dont vous vous occupez... D'après ce que j'ai pu comprendre, c'est de cette première affaire que date le changement de nom de M. Berr et sa fortune, car la somme volée était considérable... Les témoins était en nombre, paraît-il ; mais il les a tous fait disparaître. »

Cette lettre écrite, la criminelle l'avait signée de son nom, puis cachetée et, prenant une autre feuille de papier, s'était empressée d'y tracer ces mots :

« Pardonnez-moi, monsieur Georges ; je venge moi-même votre père, et meurs repentante. »

Puis, délibérément, elle s'était fait justice.

Quand Georges Laplace revint accompagné d'un brigadier de gendarmerie, Jacqueline Froimivelle, étendue sur son lit, ne donnait plus aucun signe de vie.

Un médecin appelé en toute hâte ne put que constater la mort due à l'absorption d'une forte dose d'éther laudanisé.

N'ayant pius rien à faire chez les braves gens auxquels il avait confié Jacqueline, Lugano, pensant qu'il n'aurait jamais assez d'accusateurs plus ou moins discrets pour écraser le baron, s'informa de la nouvelle adresse du jeune Laplace et se rendit dans l'hôtel de Rambouillet où il était descendu.

Après lui avoir fait part de sa mission et montré la lettre de Jacqueline, il lui demanda s'il voulait l'accompagner à Paris pour témoigner devant le juge d'instruction.

— Mon Dieu, monsieur, répondit Georges, si vous croyez à l'utilité de cette démarche, je veux bien la faire.

En wagon, comme ils se trouvaient seuls, Lugano en profita pour mettre son compagnon au courant du drame lugubre dont la Daltès d'un côté et le docteur Veshumyd de l'autre s'étaient engagés à percer le mystère. Comme il ne savait pas ce qu'avait bien pu faire le savant pour tenir sa promesse, il se contenta de montrer son rôle à lui et

termina en annonçant le projet d'arrêter le faux
baron le soir même où il devait signer un contrat
but de ses vœux et de son dernier crime.

Georges Laplace entrait dans sa dix-huitième
année. Élancé, bien fait de sa personne et de
manières distinguées, il avait une figure loyale faite
pour attirer la sympathie qu'inspirait surtout son
œil doux, bienveillant, mais très énergique. L'œil
d'un homme sérieux sur un visage d'enfant, mais
d'un enfant que le malheur a fait vivre plus que son
âge. Œil de celui qui réfléchit avant de vouloir, et
qui pourtant sait vouloir.

Mis à son aise par la franchise du Vénitien dont
l'allure mâle et l'air décidé lui plaisaient, le jeune
homme n'hésita pas à lui faire ses confidences.

— Ma vie actuelle est assez vide, dit-il. Mon père
m'ayant laissé une modeste fortune qui me per-
mettrait de vivre sans travailler, j'ai voulu goûter de
cette existence paresseuse.

Cependant, je vous avouerai que l'inoccupation
me pèse. Cette façon de végéter n'est pas faite pour
moi, et, malgré mon âge, attristé par la solitude,
j'ai déjà des idées d'homme.

Mon rêve serait d'épouser une honnête femme
dont la tendresse me raccommoderait un peu avec
l'existence. Certes, je n'oublierai jamais la mort de
mon pauvre père et sa fin tragique me restera toujours gravée au cœur comme un deuil ; mais si ce
rêve se réalisait, je sens que j'aurais l'espoir de jours
meilleurs.

La tristesse qui m'accompagne sans repos ni trêve
et en quelque lieu que je sois, disparaîtrait peut-
être peu à peu. Ah ! je voudrais me sentir l'objet
d'une affection de femme, moi qui n'ai pas connu

ma mère et me dévouerais entièrement à celle qui m'accepterait...

Hélas ! c'est un songe creux, un irréalisable désir, je le crains bien.

— Avoir peur qu'une idée si naturelle soit irréalisable ! s'écria Lugano. C'est de l'entêtement fataliste, ça, mon jeune ami. Vous broyez du noir pour le simple plaisir de tout assombrir.

— C'est vrai, peut-être ; mais le doute est le seul fauteur de mon mal et à cette heure je doute de tout.

— Vous avez tort, grand tort ; à votre âge le doute n'est pas permis.

Espérez, que diable ! ça coûte si peu.

Au fait, qui sait si je ne vous trouverai pas, moi, celle qui doit jeter un voile sur votre douloureux passé et fera tomber la tristesse qui vous envahit, en ouvrant enfin la porte du bonheur entrevu.

Ils arrivaient en gare.

— Que Dieu vous entende, murmura Georges. Votre parole m'a fait du bien, et rien qu'à vous savoir prêt à me seconder, j'ai déjà moins peur de l'avenir.

Ils se rendirent immédiatement au Palais où Lugano se savait attendu. Là, après avoir présenté au magistrat instructeur le fils du garde-chasse et l'avoir informé du suicide de Jacqueline Froimivelle, il lui remit sa lettre de dénonciation.

En sortant de chez le juge, Georges Laplace se disposait à prendre congé de Lugano, lorsque celui-ci le retint par la même proposition qu'il avait déjà faite quelques jours plus tôt à miss Paulette Horn :

— Voulez-vous me permettre de vous conduire chez Emilia Daltès ?

Et comme le jeune homme restait hésitant, il ajouta sur un ton de commandement amical en lui prenant le bras :

— Allons, venez, mon camarade, et pas de réplique. Le médecin ne prend habituellement pas souci des répugnances de son malade pour le droguer ; or, vous êtes mon malade et ma première drogue vous sera douce, n'en doutez pas.

A la place Malesherbes, Emilia accueillit le jeune homme avec sa bonne grâce habituelle.

La beauté de la Vénitienne produisit sur Georges le même effet que sur la jeune Anglaise, il en fut ébloui. Mais cette impression ne l'empêcha pas de remarquer les astres de moindre grandeur qui formaient le cadre de l'ex-cantatrice : Yvonne du Val-damour lui parut aussi merveilleusement belle et son attention fut particulièrement attirée par le visage triste et charmant de miss Paulette, vers laquelle il se sentit tout de suite attiré par un courant sympathique, que n'avait encore pu produire sur lui aucune femme.

On dîna, et, le repas terminé, comme Georges, se disposait à prendre congé, Emilia lui tendit sa main fine et murmurant de cette voix mélodieuse qui lui attachait tous les cœurs :

— J'espère, monsieur, que notre compagnie ne vous a pas été à charge et que vous nous ferez le plaisir de revenir ?

Georges regarda miss Paulette, cherchant à deviner si elle approuvait cette invitation ! puis il rougit.

L'amour naissant venait de lui apprendre combien sont instables les impressions du cœur.

En cherchant un logement. Georges Laplace se gourmandait :

— Est-il donc si difficile de vivre avec ses morts ? se disait-il. Moi qui me croyais si incapables d'oublier, je n'ai pas même pu résister un moment à l'impression produite par le visage de cette jeune Anglaise... Ah ! mon pauvre père, tout l'amour que j'avais pour toi n'était-il qu'une fiction, et suis-je assez mauvais fils pour oublier ta mémoire ?

Puis la forme féminine remplissant sa pensée, il disait :

— Certes, ce M. Lugano sait lire au fond des consciences. Du premier coup, il m'a conduit vers la femme que je rêvais.

Et, le doute revenant, il ajouta :

Un rêve qui s'envolera.

XIV

Où le témoin dépose

Le mercredi soir, dès neuf heures, le petit hôtel de Me Falateuf était envahi par les parents de la famille Boisdru et la foule des gens qui se flattaient d'être en relation d'amitié ou même de simple connaissance avec le gros éleveur.

La maison du notaire était spacieuse et riche, mais ne possédait pas le plus infime coin de jardin.

Une porte, cependant, s'ouvrait dans le vestibule, en face de la porte principale, elle semblait condamnée et, comme aucune autre ouverture de l'immeuble ne donnait de ce côté, en l'achetant, Me Falateuf, qui n'était pas à beaucoup près aussi curieux que son vieil ami le duc de Maisoncelles, ne s'était pas même préoccupé de savoir où aboutissait cette issue dont il n'avait pas la jouissance.

Or, particularité singulière et qu'il nous faut faire connaître pour l'intelligence de la suite, cette porte communiquait directement avec les jardins de la Daltès, puisque la maison de l'officier ministériel était une dependance de l'hôtel voisin.

En louant au notaire ce pavillon dont elle n'avait que faire, Emilia avait dit à Lugano de faire murer la porte de communication, puis, l'histoire du marquis du Valdamour étant survenue, dans la préoccupation constante où les mettait cette affaire, ni Emilia, ni son intendant, n'avaient songé à la porte dissimulée derrière les bosquets du jardin.

Habituellement, la veille d'une noce, la soirée de contrat se donne dans les salons de la future jeune femme; mais le hasard est un redoutable complice avec lequel il faut compter et sans l'intervention duquel plus d'un malheur passerait devant chez vous sans réclamer l'hospitalité.

Donc, le hasard avait voulu que, pour se mettre en règle avec les ordonnances de la préfecture, le propriétaire du grand appartement des Boisdru avait inondé sa maison d'une armée bruyante et encombrante de lessiveurs, de peintres et de maçons.

Dans ces conditions, la maison était inabordable pour les toilettes de gala, et force aurait été aux éleveurs d'abandonner la soirée de contrat, dont l'orgueilleuse Rachel voulait à tout prix, si, par l'intermédiaire du duc de Maisoncelles, Me Falateuf n'avait offert son salon pour la signature.

Rachel Boisdru, entre son père et sa mère endimanchés, était adorablement jolie et fière, en sa robe de satin bleu-acier parsemée de perles allongées.

Ses beaux bras nus, chargés de chaînes, sa chevelure d'ébène dans laquelle couraient des guirlandes de fleurs de diamants lui donnaient, au milieu de l'assistance plus sévèrement vêtue, un air de reine hors de sa cour.

Therme de Paray, en habit noir, cravate blanche, gilet à transparent et bottines vernies attendait impatiemment le notaire qui avait laissé à l'ex-talon rouge de la cour de Charles X le soin de faire les honneurs de son *home*, ce dont le vieux duc se tirait à merveille.

Enfin, maître Falateuf fit son entrée et gravement, en notaire qui a souci du sérieux de sa charge, lut le contrat.

Rachel apportait en dot le joli denier de trois mil-millions ; quant au baron, sans fausse honte il avait fait inscrire au contrat pour son apport, la somme qu'un juif lui avait avancée contre le remboursement du tiers réel de la dot.

Nous n'avons pas besoin d'ajouter que cet habile fils d'Abraham n'était autre que Mosès Aaron le brocanteur.

— Enfin, murmura le baron, quand la lecture fut finie.

Certes, de la part de ce vieillard dont la vie avait été si pleine, c'était bien là le mot de la situation, l'aurore d'une existence nouvelle après laquelle il aspirait.

Le baron était un criminel de la pire espèce, pourtant la fatigue de l'âge commençait à le guérir. Il n'éprouvait plus le besoin de nouveaux exploits, et cependant, comme il détestait la misère et aimait une femme, il avait voulu se marier pour assurer le luxe de ses vieux jours et gagner le repos pendant lequel il chercherait à conquérir celle pour laquelle brûlaient les cendres de son cœur.

C'avait été un homme d'attaque, ce baron, ou, pour dire juste, ce capitaine Berr. Son argent et son titre lui avaient coûté de rudes habiletés, beaucoup de périls, surtout d'énormes quantités de sang.

Mais, le dernier assaut livré, la fortune une fois prisonnière dans son coffre-fort, le baron s'était juré de tourner casaque à l'aventure et de devenir, sinon honnête dans le fond, du moins prud'homme à la surface.

Repu, impuni et commençant à être timoré, ce coquin rêvat la neutralité.

En principe, son mariage fait, il n'était plus dangereux pour la société, car il avait juré, sur l'autel de son repos, de ne plus frapper jamais.

En disant à Rachel qu'il l'aimait depuis longtemps, il l'avait effrontément abusée, puisque, depuis Venise, depuis Milan, c'est-à-dire depuis des années, il se sentait invinciblement attiré vers Emilia Daltès avec un emportement contenu. C'était une maladie sombre qui restait au dedans, mais que deux personnes avaient deviné : Lugano et Mosès Aaron.

Entre le vieux juif et le baron, ils existait un traité d'alliance contre le bonheur de la Daltès.

A peine Therme de Paray avait-il prononcé cet « enfin » de satisfaction, que sept ou huit personnages, dont les mines graves ne cadraient certes pas avec l'heureuse circonstance, firent ensemble leur entrée.

Rachel pinça les lèvres en reconnaissant Emilia Daltès devant laquelle le notaire et le duc allaient respectueusement s'incliner.

— Est-ce vous qui avez invité ces gens ? demanda-t-elle au baron.

— Moi ! non bien sûr, répondit celui-ci en palissant, parce qu'il venait de reconnaître le juge d'instruction et le chef de la Sûreté.

Fortuné Boisdru, lui, regardait avec ahurissement les nouveaux arrivants qui lui étaient inconnus ; et, comprenant qu'il était en droit de se faire donner des explications, il demanda naïvement au notaire, en désignant Lugano, qui avait à son bras Mme du Valdamour.

— Un autre contrat, sans doute ? Hé ! hé ! vous en faites, des affaires.

— Mais non, mais non, déclara Me Falateuf très embarrassé lui-même en voyant le juge d'instruction s'installer sans mot dire à sa table et y étaler lentement les pièces d'un volumineux dossier.

— Pardon, monsieur, demanda-t-il au magistrat qu'il connaissait, est-ce une enquête que vous venez faire.

— Tout d'abord, mon cher maître, je désirerais savoir si le docteur Veshumyd est ici ?

— Non.

— C'est regrettable, je lui avais donné rendez-vous et il est en retard.

Ces dernières paroles furent à moitié couvertes par une sourde exclamation du baron :

— Qu'est-ce encore ?

Par derrière, une main venait de se poser sur son épaule et, en se retournant, il se trouva en présence de deux personnes dont l'une, celle précisément qui venait de le toucher, était d'une taille si démesurée qu'il dut regarder en l'air pour voir son visage.

L'autre arrivant était le docteur Veshumyd. Sans répondre au bonsoir timide et troublé que lui envoyait le baron, après s'être profondément incliné devant le groupe formé par Mme du Valdamour et la Daltès, il dit tout haut, en désignant le grand diable dont la main restait toujours appuyée sur l'épaule du fiancé de Mlle Boisdru :

— Vous le voyez, monsieur le juge instructeur la reconnaissance est opérée.

— Hem ! hem ! il me paraît avoir les yeux bien égarés, votre convalescent, pourrait-il seulement faire une déposition nettement exprimée ?

— L'émotion le domine, c'est vrai, une émotion violente, mais la tenue de ces deux muets interlocuteurs ne vous en dit-elle pas autant qu'une longue déposition ?

Tenez, ajouta-t-il plus bas, observez bien la similitude de leurs sentiments à tous deux ; chez l'un et l'autre domine la crainte. Mon malade, à peine guéri et naturellement timoré, mis en présence du héros des scènes sauvages dont le spectacle a fait sombrer sa raison, éprouve, pour un moment, une contraction nerveuse extraordinaire. Son bras ne peut quitter la position dénonciatrice qu'il vient de prendre, et sa langue tordue se refuse à produire aucun son. Il n'est pas jusqu'à ses yeux eux-mêmes qui ne soient rivés sur l'objet ayant produit cette cataleptique paralysie.

Chez ce dernier c'est l'appréhension qui domine, il se souvient fort bien avoir vu ce grand corps maigre, mais sa mémoire ne lui dit pas où ni en quelle circonstance, et, comme plusieurs forfaits sont sur sa conscience, il cherche à deviner si ce ne serait pas là un de leurs témoins.

Le groupe de la Daltès s'était rapproché des deux causeurs.

Yvonne aurait bien voulu parler à Cacatois qu'elle venait de reconnaître dans le grand corps maigre en arrêt devant le baron, mais elle n'osait troubler le lourd silence qui pesait sur cette réunion si joyeuse tout à l'heure et que troublait seuls les chuchotements du docteur et les saillies de maître Falateuf très en verve de raillerie parce que son vieil ami le duc de Maisoncelles venait de rééditer pour Rachel sa comparaison flateuse de « Palerme-la-Belle dont la mer amoureuse baise éternellement les pieds blancs », et qu'il avait été furieusement éconduit par la rageuse jeune fille.

Ce n'était pas la première fois que le magistrat était à même d'admirer la profonde logique du docteur dans ses déductions.

Il dit dans son émerveillement :

— Ah ! quel splendide instructeur vous eussiez fait, si vous aviez voulu !

— Vous devez avoir raison, répondit en riant le savant ; mais, hélas ! bien peu savent choisir la vraie voie qu'ils doivent gravir, et moi en particulier, j'ai eu la fatuité de vouloir suivre un chemin trop éclairé au milieu duquel mon ignorance fait tache.

— Enfin, reprit le juge, quel remède allez-vous employer pour rendre la parole à votre témoin... car nous ne pouvons prolonger, n'est-ce pas ?

— Un remède ? Oh ! monsieur, contre le poison, le lait, ce doux liquide, est d'un effet excellent. Or, à mon avis, l'affection doit avec avantage combattre l'horreur.

Puis, se tournant vers la marquise du Valdamour :

— Que ne lui parlez-vous, madame ?

— Cacatois ; fit aussitôt Yvonne.

L'effet de ce nom fut magique.

— Cacatois ! répéta malgré lui Therme de Paray en s'éloignant du grand garçon maigre.

Puis, il ajouta mentalement :

— Si c'est mon ancien mousse, l'âge ne l'a pas rempli... mais comment aurait-il échappé au naufrage de mon brick ?

En entendant prononcer son nom, Cacatois se redressa. Son visage coupant sembla plus blême, sa longue taille plus démesurée. Les yeux sortant de

6

leur cavité parurent fixer avec plus d'insistance le personnage que désignait toujours son bras tendu comme dans le tableau du Louvre, est tendu le bras de la conscience désignant Caïn.

Les lèvres agitées d'un tremblement convulsif ne produisirent d'abord aucun son. Evidemment, il cherchait à parler et la contraction musculaire de son visage résultant des violents efforts qu'il faisait était horrible à voir.

— C'est la crise ! murmura le docteur Veshumyd de façon à n'être entendu que de son cercle ; la crise dernière de l'oubli contre la mémoire ! Je l'ai provoquée devant vous avec intention, monsieur le juge ; vous allez voir se réveiller une intelligence endormie depuis plus de vingt ans.

Dans le salon de Me Falateuf régnait à présent un lourd silence. La famille Boisdru, le notaire et le duc de Maisoncelles n'avaient pas été prévenus de l'acte dramatique qu'on comptait faire jouer devant eux ; mais, sans qu'aucune parole ait encore été prononcée, le drame était si compréhensible, la mimique des acteurs si remarquable que tous les regards convergeaient vers eux, que les respirations mêmes étaient contenues dans l'attente de l'effet qui était imminent ; dans l'attente du *clou*, comme disent les gens du métier.

Les efforts de Cacatois redoublaient il avait de la sueur aux tempes ; aucun son articulé ne sortait d'entre ses lèvres et sa pâleur de spectre eût défié le pinceau d'un peintre réaliste.

Maintenant, le baron ne bougeait plus. L'attente du dénouement qu'il ne voulait pas brusquer le clouait aussi sur place et son sceptique sourire tournait à la grimace.

— Ce garçon va mourir ici, murmura le juge d'instruction qu'effrayait le vivant cadavre de Cacatois.

— Ne craignez pas cela, lui répondit tout bas le docteur.

— N'allez-vous pas mettre un terme à son état de surexcitation ?

— Si, j'estime que, pour lui-même, l'épreuve a assez duré. Pour tous, d'ailleurs, il faut en finir... Avez-vous la pièce à conviction dont je vous avais prié de vous munir ?

Sans répondre, le magistrat fit un signe au chef de la Sûreté qui ouvrit sa redingote et en tira une énorme hache de mer dont la lame triangulaire était presque entièrement couverte de rouille.

C'était la hache d'abordage de Cacatois, celle qui d'après son récit au docteur avait servi au meurtre du banquier de Kersaing à bord de l'*Armor*, celle qui était suspendue dans la chambre du marquis Robert à l'hôtel de la rue de Laval et avait brisé la colonne dorsale du malheureux vicomte d'Urtille.

Le docteur Veshumyd se saisit de cet instrument et le jeta sur le parquet entre son malade et le baron Therme.

Au bruit de la chute, les deux hommes regardèrent à leurs pieds. Le baron eut un rapide et imperceptible tressaillement. Pour Cacatois, ses yeux s'ouvrirent démesurément et sa langue retrouvant le chemin parcouru tant de fois, se prit à répéter les paroles confuses par lesquelles le savant avait été arrêté le soir du crime, en sortant de faire les constatations légales.

— L'assassin ! lui ! c'est lui ! cria-t-il en regardant avec une expression d'horreur indéfinissable le

baron que son doigt ne cessait de désigner. — J'ai
vu... ne lui dites pas !... l'assassin... la valise...
l'or... Il a tué, tué et tué... Valparaiso est loin...,
la tempête grande... Ah ! la hache du capitaine
Berr !... mort, le banquier !... l'*Armor* sombre...
morts les matelots et le mousse, le pauvre Cacatois,
mort aussi.

Deux cris partirent simultanément des angles du
salon.

L'un, jeté au centre du triangle formé par les
Boisdru avait été poussé par Rachel, dont toutes les
fortes colères dégénéraient en crises nerveuses et
qui, comprenant que toutes ces ignobles accusations
n'atteignaient d'autre personne que son second
fiancé, était particulièrement en rage.

Le second cri sortait du gosier de Mme du Valdamour.

En entendant Cacatois désigner le baron par le
nom de capitaine Berr, la pauvre jeune femme
s'était sentie mourir sous les trépidations de son
cœur qui battait à rompre ; puis, l'ancien mousse,
continuant à sa manière la narration du drame
lointain, elle n'avait pu résister à cette trop forte
dose d'émotion poignante et s'était évanouie entre
les bras de la Daltès en murmurant d'une voix
étouffée :

— Mon père !... ma mère !... Oh ! mon Dieu !

Certes, les accusations décousues et faites comme
en rêve par le malade du docteur Veshumyd, étaient
si précises que les spectateurs les plus sceptiques
croyaient voir tournoyer la fantastique hache
d'abordage du capitaine Berr et se sentaient fris-
sonner à l'idée de tout un équipage froidement
massacré.

Le baron restait toujours immobile. Son visage, un peu pâle d'abord, commençait à reprendre ses couleurs et l'imperceptible tressaillement avait cessé.

Evidemment, ce destructeur de témoins s'était trouvé quelque peu surpris par la nouveauté de la situation et la rencontre d'une de ses premières victimes ; mais, en criminel émérite, il s'accoutumait vite au changement de fortune, calculant déjà comment il se tirerait de cette impasse.

Sans entendre les cris poussés près de lui, Cacatois poursuivit d'un ton lugubre :

— Ah ! la hache ! la hache du capitaine Berr !... Ici... là... tout près... dans la chambre... Et l'homme ! ah !... Ass... ass... assassin !...

Tout habitué qu'il fût à d'émouvantes confrontations, le juge d'instruction n'avait jamais été à même d'entendre une déposition semblable. La sueur lui perlait aux tempes, il n'était pas complètement à son aise et son regard fit le tour du salon pour constater avec un orgueil légitime que les autres témoins de cette scène semblaient pétrifiés, degré d'émotion auquel il n'était pas encore parvenu, lui.

— Diable ! c'est vécu, ça ! murmura-t-il à l'oreille du docteur pour se donner une contenance.

Mais ce dernier était tout à un nouveau travail qui semblait fort intéresser le baron, le moins ému de tous.

Ce travail consistait en des passes magnétiques, lancées dans la direction du témoin du crime.

— Parbleu ! s'écria Therme de Paray en ricanant, vous employez là un procédé des plus curieux, monsieur le docteur. Je me suis laissé dire qu'avec vos moyens, vous autres *médiums*, vous pouviez forcer votre *sujet* à conter n'importe quelle fadaise.

Et, se retournant vers le juge d'intruction, il ajouta de plus en plus railleur et hautain :

— Que pensez-vous de toutes ces manigances de somnambules, vous, intègre magistrat ?... J'estime, pour ma part, qu'il n'y a pas lieu d'ajouter forte créance aux discours d'un endormi, et si vous voulez bien faire cesser cette comédie d'un goût douteux, en vous retirant sans tarder, comme vous êtes venu, je consentirai à ne pas porter plainte...

Il s'interrompit et releva brusquement la tête parce qu'un ricanement sinistre paraissant tomber du plafond, juste au-dessus de lui, venait de lui couper la parole.

— Vous, porter plainte ! criait Cacatois, revenu complètement à lui, grâce au singulier « procédé » du docteur. Vous, porter plainte, capitaine Berr, c'est ça qui serait fantastique. De qui vous plain-driez-vous, s'il vous plaît : de vos victimes ?... Mais vous ne reconnaissez donc pas votre ancien mousse, comme lui-même vous reconnaît ?... Allons, un bon mouvement, pas de rancune patron... Vous avez eu la première manche : à nous la belle !

Le juge d'instruction prit à son tour la parole :

— Puisque vous semblez le désirer, dit-il au baron, nous allons mettre un terme à cette séance qui n'a que trop établi votre culpabilité...

— Par exemple ! et les preuves de toutes ces stu-pides accusations ?

— Oui, les preuves ! fit comme un écho la voix étranglée de M. Fortuné Boisdru.

— Les preuves, les voici !

Et, reprenant son dossier, le magistrat se mit à

llre lenlement les deux lettres de miss Pauline Horn, celle de Jacqueline Froimivelle, la déposition d'Alexandre, le garçon d'hôtel, et le long récit écrit par le docteur Veshumyd sous la dictée de Cacatois, et signé par tous deux.

Puis, les témoins ayant certifié conforme à la vérité tout ce qui venait d'être dit, il ordonna au chef de la sûreté :

— Arrêtez M. Berr !

— M. Berr ? gémit Rachel qui revenait à elle et n'avait entendu aucune des dépositions.

Le vieux duc de Maisoncelles se pencha vers elle.

— Hélas ! oui, ma pauvre belle enfant, murmura-t-il ; ce coquin n'avait même pas droit au titre qu'il vous vendait... Ah ! je l'avais bien jugé moi ; ce ne pouvait être un noble...

Devant cette révélation terrible, Rachel, foudroyée, l'œil hagard, les traits décomposés, tomba entre les bras du vieux duc, et, malgré la cruauté de la situation, le moqueur Me Falateuf ne put s'abstenir de lui faire observer tout bas que, à sa connaissance, Palerme-la-Belle ne s'était jamais e la sorte sur le sein de la mer amoureuse

XV

Ce que femme veut...

L'affaire dont nous parlons n'est pas assez ancienne pour que les Parisiens, dont le goût pour ce genre de friandise est connu, ne s'en souviennent un peu.

C'est pourquoi, tout en déplaçant le lieu du crime et en donnant des noms supposés à nos personnages, nous avons omis de désigner le juge instructeur autrement que par son titre. Ce magistrat existe, il a toujours son cabinet au Palais de justice, et le crime de la rue de Laval pour lequel il fit, par son enquête rapide, mal dirigée, par ses conclusions erronées, condamner un innocent, ne lui fait pas assez d'honneur pour qu'il aille s'en vanter.

Or, ces messieurs du parquet sont chatouilleux à l'excès. Quand on divulgue sans nécessité absolue leurs stupides bévues, ils deviennent même féroces, et leur cerveau, infécond lorsqu'il s'agit de bien faire, déniche sans trop de peine un article du code qui leur permet de poursuivre, jusqu'à ce que condamnation s'en suive, le trop imprudent historien de ce qu'en français très atténué ils nomment poliment une « erreur judiciaire ! »

Seuls, le docteur Veshumyd et la cantatrice Emilia Daltès sont facilement reconnaissables sous le déguisement transparent de leurs pseudonymes. Malgré leurs petits travers, le rôle qu'ils s'accordèrent par pure philanthropie fut réellement trop digne d'éloges pour nécessiter un masque plus épais.

Mieux vaut cent fois pour nous braver l'humilité ombrageuse que de nous exposer au coup de pied de l'âne.

Pour racheter le résultat si malheureux de sa première enquête, le magistrat instructeur, plein de honte et pris d'un beau zèle, avait péparé une véritable mise en scène pour clôturer brillamment sa seconde.

Stimulé qu'il était par la présence des nombreux confrères de bonne volonté dont le travail avait complètement revisé et mis à néant le sien, il s'était permis fort innocemment de combiner par avance toute la suite de ses recherches et, instituant un nouveau jeu encore inconnu des enfants, avait dicté à son greffier le scenario de tout ce qui devait être fait, sans oublier d'ajouter les réponses des accusés à ses propres questions, sans négliger de réduire leurs objections.

C'est ainsi que, après sa capture opérée très habilement chez le notaire, le faux baron Therme de Paray, enfin démasqué, devait être conduit à l'hôtel de la rue de Laval où, sous la garde de deux agents, Alexandre attendait pour la confrontation dans la chambre occupée jadis par le marquis Robert du Valdamour.

La reconstitution du meurtre étant toute indiquée pour cet instant précis, la lourde hache de mer avait repris sa place contre la muraille, non loin de la cheminée au marbre écaillé supportant la pendule en zinc doré. La fenêtre était ouverte, et sur sa barre d'appui, communiquant à la croisée de la chambre habitée par miss Paulette Hornn, par dessus l'entonnoir de la cour, la porte du placard qui avait servi de pont volant au vicomte Angel d'Urtille.

En entrant dans la chambre ainsi mise au point, le magistrat devait ouvrir le feu en disant à son prisonnier :

— Vous vous êtes dissimulé dans l'angle rentrant de la muraille, n'est-ce pas ; et au moment même où le vicomte, revenant de son expédition, se tournait vers la fenêtre et reprenait sa porte, vous l'avez frappé par derrière avec cette hache dont vous vous étiez préalablement armé ?

Le vieux capitaine Berr devait se contenter de répondre avec dédain :

— C'est faux !

Alors, aussi bon tacticien que Napoléon Bonaparte, le juge d'instruction ferait donner ses réserves en les appuyant de sa vieille garde : — vieille garde et réserves étant représentées par le seul Alexandre !

— Non, ce n'est pas faux ! s'écrierait ce brave garçon d'hôtel ; c'est la vérité, au contraire, la vérité vraie !... La preuve, la voici : je vous ai conduit dans cette chambre, comme vous me l'aviez demandé ; à peine entré, vous vous êtes saisi de la hache appartenant à M. Robert ou à son fou. Et une fois M. Francis Bordes couché sans vie sur le parquet, vous êtes descendu pour me remettre quinze mille francs en me promettant le double, même le triple, si je continuais à vous servir...

Après une pareille charge, écrasé sous le nombre, comme on dit en style de guerre, le baron devait indubitablement se taire et se rendre...

Ah ! c'était une superbe victoire ! Les annales judiciaires mentionneraient avec orgueil la belle marche de sa combinaison qui, par la suite des temps, pourrait servir de modèle.

Certes, oui! mais, hélas! les meilleures cuirasses ont un défaut, les têtes les mieux équilibrées une fêlure... et les combinaisons les plus caressées avortent moins rarement que celles dont on n'a souci...

A peine le magistrat, s'adressant au chef de la Sûreté, eut-il prononcé ces mots : « Arrêtez M. Berr!» que le vieux baron, reprenant son air narquois qu'il avait cru devoir abandonner pendant la lecture, s'écria, bondissant vers la porte du salon contre le montant de laquelle était appuyé M. Boisdru :

— Emilia Daltès, la trahison vient de toi. Je t'avais proposé une alliance qui aurait pu conjurer le sort. Tu n'en as point voulu, eh bien! souviens-toi de la prédiction de ta mère!... Moi, je ne puis t'en vouloir et ma vengeance sera de te posséder envers et contre tous, car c'est toi, toi seule que j'aime!... A bientôt, Emilia...

D'un mouvement brusque, il envoya l'inoffensif Fortuné s'asseoir sur un bras de fauteuil ; puis il ouvrit et referma la porte dont la clef tourna par deux fois dans la serrure, quand il fut dehors.

— Arrêtez-le! arrêtez-le! murmura Emilia prête à se trouver mal au souvenir de la visite de sa mère et de sa prédiction funeste.

Jusque-là, personne n'avait bougé.

Les paroles du baron avaient été si rapides, sa fuite si spontanée que nul n'avait songé à s'interposer.

Le juge d'instruction, voyant crouler son échafaudage, restait sans voix, comme hébété, cloué sur son siège.

Pour n'en être pas moins surpris, les autres se remuèrent à l'appel de la Daltès. Le chef de la Sûreté, la marquise, Paulette et tous les Boisdru, sans oublier le vieux duc de Maisoncelles, appuyé de Me Falateuf, se précipitèrent en masse vers le battant, derrière lequel on percevait encore le ricanement moqueur du fugitif.

Le père Fortuné ayant une vengeance à tirer de celui qui avait été sur le point de devenir son gendre, arriva bon premier au but; mais, pour ne pas être partial, nous devons avouer que tout le mérite de cette sorte de prouesse revenait à la petite distance, un mètre à peine, qui séparait l'issue du bras du fauteuil que l'éleveur avait rudement accolé bien malgré lui.

Par malchance, la porte avait toutes ses fermetures au dehors; elle était solide et aurait pu résister aux efforts des poursuivants pendant quelques minutes, si la présence d'esprit du moins fou d'entre eux n'était venu les tirer d'embarras.

Sur un signe du docteur Veshumyd, Cacatois s'étant saisi de la lourde hache de mer fit sauter la serrure.

On descendit quatre à quatre l'escalier; le vestibule était vide.

On visita toutes les pièces; en aucun coin le criminel ne fut découvert.

Les domestiques interrogés affirmèrent n'avoir rien vu.

Les portes et les fenêtres du petit hôtel étaient toutes closes. La disparition du vieux baron touchait au fantastique, et Lugano n'était pas loin de penser que ce grand vieillard était quelque peu parent du diable.

Cependant, si on se fut avisé de visiter la porte condamnée qui, du vestibule, communiquait avec les jardins de l'ex-cantatrice, on se fut aperçu que les verroux n'en étaient plus tirés, on aurait compris le mystère et peut-être même pincé le fugitif qui, croyant se diriger vers la rue, avait vivement ouvert avec le passe-partout dont il ne se séparait jamais.

Une fois dans le jardin, il s'était trouvé un peu dérouté, ne sachant, en somme, dans la propriété de qui il s'introduisait ainsi. Mais comme il lui eut semblé grotesque de faire du sentiment dans un cas si pressé, le baron commença par traverser les bosquets pour s'éloigner d'autant plus de ses ennemis.

Plein de confiance en sa bonne étoile, laissant de côté les soucis de sa situation, persuadé que le hasard et sa présence d'esprit réunis arriveraient bien à le tirer de ce mauvais pas, il concentrait toutes ses facultés à l'élaboration d'un seul plan qui devait, avant son départ pour l'étranger, vers lequel il était bien obligé de fuir, mettre en son pouvoir la superbe fille du Lido, « la voix d'or de Venise », comme on disait de la cantatrice.

Et, croyant voir satisfaites d'un seul coup sa dette de haine et sa passion amoureuse, en marchant dans la nuit, il souriait béatement, à la façon du démon familier du docteur Faust dans les jardins de Marguerite.

Le lendemain de cette soirée si décevante pour l'orgueilleuse Rachel, si pleine d'émotions pour Emilia et Yvonne, devait être non moins bien rempli.

Dans sa juste fierté de la victoire prochaine, ce n'était pas sans intention que le juge d'instruction avait donné cette date à son dernier combat.

En effet, l'affaire de la rue de Laval revenait le lendemain devant la cour d'appel et, sans la rapidité de sa dernière conception, sans l'arrestation du vrai coupable, à l'audition des nouveaux témoins il lui avait semblé que la cour ne se gênerait guère pour prendre à son égard une attitude sévère.

Et il n'avait pas réussi !

Encore sous le coup de l'émotion terrible qui l'avait dominée en entendant le baron évoquer pour la seconde fois l'apparition de sa mère et ses prédictions, la Daltès était rentrée chez elle après la fuite si imprévue, si extraordinaire de l'assassin.

Elle se mit au lit avec une fièvre intense et se mit à déraisonner, parlant de sa mère, de son amour pour le docteur, de Black-Mid enfin, qu'elle voulait à toute force aller consulter.

Malgré sa douleur renouvelée, sa propre fatigue, Mme du Valdamour la veilla toute la nuit, la retenant de force sur sa couche, la recouvrant avec une douceur touchante chaque fois que le cauchemar la faisait se débattre et se découvrir.

Vers le matin, la fièvre se calma. Yvonne put reposer un peu auprès du lit où s'était endormie sa malade.

A midi, elle fut réveillée en sursaut.

— Vite ! vite ! ma chère Yvonne, disait la Daltès. Nous n'avons que juste le temps. Oubliez-vous donc qu'aujourd'hui même on doit vous rendre votre mari ?

Certes non ! Yvonne n'oubliait rien, mais après une pareille nuit de veille, un moment d'abandon ne pouvait pas lui être imputé à crime.

Emilia s'était bien gardée de dire à son amie tout ce qu'elle s'avait et de lui parler du dernier avis qu'elle avait reçu du substitut. Oh ! un avis plein de promesses et qu'Yvonne eut été heureuse de connaître. Mais la Daltès avait d'autres vues ; réfléchissant au fol amour déclaré par Robert dans son salon, elle se demandait avec angoisse si tous ses malheurs n'avaient pas remis un peu de plomb dans la tête du marquis et comment il se conduirait, étant mis simultanément en présence de sa femme et de sa dernière passion.

En fait, doutant de la bonne qualité du cerveau de Robert, et poussée par l'affection réelle qu'elle ressentait pour la marquise, elle préférait préparer les voies, désireuse de ne pas donner à Yvonne, déjà si éprouvée et pourtant si contente dans son devoir, le spectacle d'une infidélité d'esprit.

La Daltès fit atteler et les deux femmes se rendirent au Palais avec la petite Roberte.

Là, elle se fit immédiatement conduire dans le cabinet du substitut du procureur de la République et n'y pénétra qu'après avoir prié Yvonne de l'attendre dans l'antichambre.

Dans le cabinet, la première personne qu'elle vit fut Robert.

Ah ! il était bien changé ce pauvre beau marquis. Depuis plus de six mois il vivait cloîtré entre les quatre murs d'une cellule de Mazas, maudissant la fatalité et, complètement annihilé, par moment, il en en arrivait à douter lui-même de son innocence.

De même qu'autrefois, dans sa petite chambre d'hôtel, sa pensée se reportait à sa jeunesse, à l'abîme qu'il avait inconsciemment creusé sous ses pas.

Au cours de ses longues nuits sans sommeil, il revoyait le doux visage d'Yvonne tenant sa fille entre ses bras, comme une madone ; puis la figure altière et superbe de la Daltès. A ces tableaux succédait le cadavre ensanglanté du vicomte Angel, et il sentait qu'il avait été plus que fou d'avoir confiance en ce vieux baron Therme dont les yeux ironiques et faux lui apparaisaient maintenant tels qu'ils étaient, tels qu'il aurait dû les voir pour se défier à temps.

Comme il arrive aux être indécis, la pensée du suicide le hantait sérieusement alors que l'exécution n'en était plus possible. Se sentant gardé contre une telle détermination, chose qu'il ne voulait pas s'avouer, il se figurait bonnement posséder le froid courage où le chaud-mal des gens qui se donnent la mort, et maudissait sa lâcheté de jadis, regrettant de ne pas s'être précipité du pont des Invalides dans la Seine, le soir de sa funeste rencontre, le soir où l'eau noire l'attirait si fort.

Ce jour-là, il était dans un état de surexcitation impossible à décrire, et lorsqu'on était venu le chercher pour le conduire au Palais de Justice, désespérant de tout, croyant que sa condamnation serait purement et simplement confirmée, sans succès d'ailleurs, il avait supplié son gardien de le laisser en paix.

Depuis quelques instants il restait assis, sans voix, dans le cabinet du substitut, à côté d'un bel homme de la garde municipale, Lorsque la vue d'Emilia vint soudain le tirer de sa torpeur.

Ses yeux caves s'animèrent, s'emplissant d'une lueur de plaisir qu'il ne connaissaient plus depuis bien longtemps et, de sa voix douce revenue, il murmura plein d'admiration.

— Vous ! c'est vous !

— Mais oui, moi-même, répondit la Daltès souriante en lui pressant les deux mains. Avec le bienveillant concours de M. le substitut, nous avons beaucoup travaillé pour vous, mon pauvre marquis... Vous avez assez souffert...

— Oh ! oui, fit-il.

Elle considérait avec pitié, avec épouvante les ravages que le découragement et la honte avaient opérés sur le visage de ce garçon si brillant et si beau.

Elle ajouta :

— Et nous avons tenu à vous annoncer votre réhabilitation.

— Ma... fit Robert sans parvenir à achever sa pensée ; car, les yeux démesurément agrandis, le cœur bondissant, il regardait alternativement le substitut et la Daltès, se demandant s'il n'était pas le jouet d'une nouvelle hallucination, d'un nouveau rêve.

Mais, lorsque le substitut lui eut confirmé les paroles de l'ex-cantatrice en ajoutant que pas un seul témoignage ne lui était défavorable et que même, spontanément, le directeur du *Comptoir des fonds publics* de la rue Blanche, un homme bien posé s'il en fut, était venu certifier sa scrupuleuse honnêteté ; complétement persuadé qu'il devait sa libération à la Daltès, fou de joie, le marquis se jeta inconsciemment dans ses bras et l'embrassa par deux fois, malgré sa résistance.

Puis, sans entendre ses protestations, il murmura tout bas pour n'être compris que d'elle seule :

— Merci, Lia, merci ! vous étiez mon unique espoir !

Interdite par son regard étincelant et comprenant combien elle avait eu raison de vouloir préparer les voies puisque ce long temps d'épreuve n'était point

parvenu à remettre d'aplomb le cœur volage de Robert, elle s'écria, tandis que le substitut, avec une discrétion pleine de galanterie, se retirait dans un bureau voisin :

— Taisez-vous, marquis ! taisez-vous !

— Pourquoi ? demanda-t-il embarrassé.

— Parce que vous blasphémez !... Savez-vous à qui vous devez votre mise en liberté ?

— Récidiviste ! fit-elle sans pouvoir cacher un sourire tant cela avait été dit avec confiance.

Elle reprit sérieusement :

— Non, mon ami, c'est à Mᵐᵉ Yvonne du Valdamour.

Robert frémit des pieds à la tête, son visage s'empourpra et ses yeux se mouillèrent. Malgré lui, contre toute volonté et comme par instinct, chaque fois que le souvenir de celle qu'il avait abandonnée venait le visiter, il se sentait amèrement ému. Et, s'il est possible de faire cette comparaison, il ressentait la même douleur qu'un enfant éloigné de sa mère lorsqu'il songe aux peines qu'il a causé à la pauvre femme.

Or, la sensibilité du marquis étant à l'heure actuelle plus aiguisée que jamais par les longues réflexions qu'il avait faites en prison et la pensée ne lui étant jamais venue qu'Yvonne prévenue de sa chute, pourrait un jour, venant descendre au bas fond dans lequel il s'était laissé glisser, pour lui tendre charitablement la main, en raison même de la belle action de sa femme, intérieurement, il doublait et triplait la profondeur de son infamie, la noirceur de sa lâcheté.

— Oui, continuait la Daltès, c'est à Yvonne seule que vous devrez votre libération, marquis. Ah ! combien vous avez méconnu cette chère petite femme, ce cœur d'or, incapable de songer au mal, sans mémoire pour celui qu'on lui a fait, ce cœur qui vous aime toujours et plus que jamais !

Seule, Yvonne a trouvé la piste de l'assassin ! Seule, Yvonne a su attacher à sa cause l'aide puissant d'un savant docteur qui a guéri Cacatois.

Or, ce Cacatois assistait au crime, il l'a raconté tout au long ; et, voyez la coïncidence, le meurtrier pour lequel vous avez été condamné est le même bandit qui a tué jadis le baron de Kersaing, père de votre femme ; l'instrument du crime était le même...

— Quoi, demanda Robert, c'est le capitaine Berr ?

Le capitaine Berr ou le baron Therme de Parav, c'est tout un...

Le marquis eut un soubresaut.

— Ah ! murmura-t-il, c'est tout un... Naïf que j'étais, il m'avait parlé d'acheter ma conscience et je la lui avais vendue pour un dîner...

Il n'osa pas ajouter : « Et pour vous ! »

Emilia reprit :

— Le docteur Veshumyd, Cacatois, Lugano, miss Paulette Hornn, M. Georges Laplace nous ont aidé à trouver, à démasquer le coupable, mais sans Mme du Vaidamour, je vous le répète, vous seriez encore pour longtemps sous les verroux, car elle seule s'est emparée des preuves palpables, des preuves tangibles. C'est elle enfin qui a dirigé la contre-enquête, sans défaillance, avec une force, une ruse dont pas un homme n'eut été capable.

Alors, sans omettre un détail, la Daltès raconta l'arrivée subite d'Yvonne à Paris, juste le jour du verdict, sa rencontre avec le docteur dans la salle des assises, la vie qu'elle avait voulu mener dans la chambre du crime ; l'histoire d'Alexandre et la façon dont elle s'y était prise pour le confondre ; puis l'entrée en campagne de Lugano et l'appât des trois millions auquel était venu se prendre le coupable.

— Je vous le redis encore, ajouta-t-elle, malgré tout, sans la constance d'Yvonne et sa présence d'esprit nous aurions échoué. Elle a voulu sauver l'honneur des Valdamour, elle y est parvenue.

— Vous pleurez, marquis ?... Ah ! croyez-moi, en passant votre vie aux genoux de votre femme, vous ne paierez qu'imparfaitement tout le noble désintéressement de son amour.

Robert pleurait, en effet ; son cœur débordant de reconnaissance et de regret se fondait.

— Emilia, dit-il doucement, vous avez raison et je vous suis reconnaissant de m'avoir rendu à moi-même. Oui, je serai l'esclave de Mme du Valdamour si, dans sa générosité, elle consent à recevoir encore celui qui a si méchamment abusé de sa jeunesse en la rendant malheureuse.

— Hélas ! murmura la fataliste Vénitienne, rendue tout à coup à ses tristes pressentiments ; il n'est point de hasard dans la destinée, marquis, on peut lutter contre elle, mais non la vaincre.

Sans que Robert puisse s'en douter, Yvonne, par l'entre-bâillement de la porte de l'antichambre que la Daltès avait mal close, n'avait perdu aucune parole de sa conversation.

La dernière phrase surtout lui fit verser des larmes de bonheur.

Elle embrassa sa fille avec fureur et, entendant le substitut revenir dans la pièce voisine, s'éloigna de la porte pour ne pas être surprise.

Quoique les jugements de réhabilitation soient

peu fréquents, il nous paraît inutile de détailler cette cérémonie que les magistrats abrègent autant que possible, leur plus grand crève-cœur étant de se déjuger en audience publique.

Robert fut conduit dans la salle d'audience et là par une habile série de paroles faites pour être incomprises et dont Molière eut très certainement fait son profit, le tribunal voulut bien reconnaître sa regrettable erreur. Ceci en termes spéciaux autant que spécieux, allant à l'oreille des seuls initiés, restant lettre morte pour le vulgaire.

Mais il ne fut pas question d'excuses, encore moins d'indemnité.

Après ce semblant de réparation, dont on n'était redevable qu'à la seule influence des relations de la Daltès, il fallait retourner à Mazas pour la formalité de la levée d'écrou.

Puis, roulant vers la place Malesherbes, dans un landau de la Vénitienne, les deux époux purent enfin s'embrasser. Elle, fière d'avoir mené à bien sa rude tâche; lui, pensant combien il devait à l'amour constant de cette chère petite femme à laquelle il avait causé tant de chagrin et sans laquelle, après bien des années de prison, il serait resté flétri.

XVI

La tombe rouge

Le vaste hôtel de la Daltès, si plein de silence d'habitude (c'est en le visitant que le peintre Luiz Falero y a trouvé l'idée de son Temple du Sommeil), était fort animé ce soir-là, et les cris joyeux, les rires qui retentissaient du haut en bas, donnaient un sensible air de fête à cette taciturne résidence.

Afin de fêter dignement la grande victoire de son amie Yvonne, la libération du marquis, la guérison de Cacatois, Emilia, pour la première fois depuis son arrivée à Paris, ouvrait les portes de sa maison et offrait un souper de gala à toutes les personnes qui, de près ou de loin, peu ou beaucoup, s'étaient trouvées mêlées à l'affaire de la rue de Laval.

Personne, bien entendu, n'avait osé s'excuser. L'ex-cantatrice venait de faire preuve d'une trop grande influence, on sentait qu'il était préférable d'être avec que contre elle.

A part le baron Therme de Paray, dont on n'avait plus de nouvelles depuis la veille, à la poursuite duquel la préfecture égarait ses meilleurs limiers, toutes nos connaissances s'étant groupées selon leurs sympathies, se touchaient les coudes autour de la table.

Le docteur Veshumyd, auquel était réservée, comme il est juste, la place d'honneur, ne s'était pas encore présenté et la maîtresse de maison retenue sans doute par un motif grave n'étant pas venue occuper son fauteuil, le centre de la table se trouvait par le fait un peu dégarni.

Heureusement il n'en était pas de même du reste et, malgré ce vide, les conversations allaient leur train.

Lugano, après avoir conduit Mme du Valdamour, et miss Paulette Hornn à leur couvert, puis désigné les places voisines au marquis, à Cacatois, à Georges Laplace avait laissé les autres se caser à leur gré.

Profitant d'une façon abusive de cette autorisation tacite, le vieux duc de Maisoncelles, aidé de Me Falateuf, toujours prêt à satisfaire en les discutant les fantaisies de l'ex-beau de la cour, avait opéré un mouvement tournant grâce auquel la belle Rachel Boisdru s'était tout à coup trouvée isolée des deux éleveurs, assise sans savoir comment entre la perruque poivre et sel du duc et la cravate blanche du notaire.

Le service commençait, malgré l'absence d'Emilia et du docteur, la première en avait ordonné ainsi et Lugano ne savait qu'obéir à sa petite sœur quoique, à vrai dire, son absence prolongée commençât à le rendre perplexe.

Yonne et son mari reprenaient la conversation de leurs jeunes amours, interrompue depuis plusieurs années; elle sans arrière pensée, sans regret, le bonheur de l'heure présente étant venu tout effacer; lui avec amertume et un sentiment de tristesse qu'il ne pouvait entièrement cacher, car, en voyant le visage ouvert et franc de sa petite Roberte, tout le portrait d'Yvonne, il songeait à ses folies, au château vendu, à la fortune dissipée et, avec ces deux chers êtres si dévoués pour lui, l'avenir lui apparaissait plein de privations.

Dans le coin de miss Paulette Hornn, on était moins morose; les pourparlers étaient même assez avancés.

Avec une audace dont il se serait cru incapable deux jours plutôt, le jeune Georges Laplace, décidément amoureux de l'Anglaise, se resaisissait lui-même et rompait une lance avec la fatalité dont il se croyait menacé.

— Belles des belles, disait à Rachel le vieux duc de Maisoncelles, si vous étiez l'Adriatique, je voudrais être doge de Venise.

— Hé, bé! vieux serpent, ricana Me Falateuf, et si elle était Constantinopie, voudriez-vous être le Bosphore ? Vous savez, il y a mille et mille comparaisons aussi fortes. On n'était guère malin à la cour de Charles X.

Rachel murmura avec un dédaigneux sourire :

— C'est pourtant vrai, cela.

— Merci, fit le duc piqué, on n'avait pas la main aussi heureuse que vous mademoiselle.

— Ni la poche aussi bien garnie, monsieur le duc.

— Ça tourne à l'aigre, pensa le notaire; la Méditerranée est orageuse et Palerme-la-Belle a ses vapeurs.

— Tenez, mademoiselle, murmura le duc déjà repentant, me permettez-vous un conseil ?

— Non, répondit rageusement Rachel, j'ai pour habitude de me conseiller moi-même.

A peine la belle Boisdru venait-elle de prononcer

cette phrase sans gêne qu'un sifflement aigu fit dresser toutes les têtes.

Rachel lança un cri de terreur et repoussa vivement son siège parce qu'un petit serpent noir et jaune venait de passer sur la table, juste à côté de son assiette, et, chose assurément étrange, il lui avait semblé le voir mordre la porcelaine au passage.

Comme une traînée de poudre, le mouvement de frayeur de Rachel fut reproduit par chacun des convives, juste au moment où le petit serpent passant devant eux faisait, avec bruit, claquer ses dents contre le bord de chaque assiette.

En le voyant venir à lui, Lugano devint affreusement pâle et ses lèvres prononcèrent des mots incompréhensibles pour ses voisins.

— Black-Mid ici ! Black-Mid échappée ! Un grand malheur doit menacer Lia !

Et, s'étant levé comme les autres, sans plus s'occuper de ses devoirs d'hôte, il se précipita, ainsi qu'un fou, hors de la salle à manger.

Cependant Black-Mid — car c'était en effet la petite vipère du temple, l'oracle de la Daltès — continuait à ramper sur la nappe par bonds inégaux. La lumière blanche de la suspension, la blancheur du service, le miroitement du cristal, toute cette lumière d'une couleur crue à laquelle elle n'était pas habituée, l'affolait et, croyant sans doute être encore au travail, ne retrouvant plus l'abri de son coffret, elle continuait désespérément à faire le tour de la table, mordillant tantôt avec rage, tantôt avec lassitude les assiettes dont la réflexion la gênait et qu'elle prenait peut-être pour un jeu de cartes d'un nouveau genre.

Bientôt la petite vipère resta seule. Un à un, chassés par la peur ou poussés par tout autre sentiment, les convives de l'ex-cantatrice s'étaient éclipsés, les époux du Valdamour, Georges Laplace et Paulette Hornn à la suite de Lugano, Fortuné Boisdru et sa femme du côté des jardins.

Sans savoir au juste quel malheur pouvait bien menacer celle qu'ils considéraient comme leur bienfaitrice, les premiers, pris instinctivement par la même crainte que Lugano, voulaient, s'il était nécessaire, lui apporter leur aide.

Mues par une pensée bien différente quoique tout aussi batailleuse et pareillement louable, les deux éleveurs poursuivaient le couple formé par le notaire et le vieux duc qui marchaient eux-mêmes sur les pas de Rachel et dont l'assiduité commençait à leur paraître inquiétante.

De fait, Rachel ne fuyait que mollement, son cœur de girouette pour la troisième fois commençait à se laisser convaincre quoique les propositions du duc, cet amoureux habituellement si éthéré, fussent libres à faire frémir.

Avant d'expliquer comment Black-Mid avait pu s'échapper du temple de pourpre et pourquoi, par un manque de savoir-vivre dont elle ne pouvait volontairement se rendre coupable, la Daltès ne présidait pas le commencement du souper offert par elle, il nous faut retourner de quelques heures en arrière.

On se souvient que, très impressionnée par les paroles du baron et furieuse de sa fuite, Emilia, malgré le grand désir qu'elle avait de consulter son oracle sur les suites de cette affaire et sur sa fin qu'elle croyait prochaine, n'avait pu se rendre dans la chambre et était restée toute la nuit clouée sur son lit par la fièvre.

Au cours de la journée suivante, elle n'avait guère eu le temps de songer à Black-Mid ; elle s'était même donnée toute entière à la tâche de ramener à Yvonne le cœur du pauvre marquis qui s'ignorait lui-même.

Mais, à l'audience de réhabilitation, Emilia ayant invité le docteur Veshumyd pour le soir, celui-ci lui avait souri d'une façon presque tendre en murmurant à voix basse :

— Le travail dont je vous avais parlé, mademoiselle, et auquel je devais me donner tout entier, était de rendre l'intelligence à Cacatois, le témoin du crime, pour arracher le marquis innocent à sa peine infamante. Vous m'avez puissamment aidé à mener à bien ce désir. J'accepte votre invitation avec un plaisir réel et me rendrai chez vous avec d'autant plus de satisfaction que j'ai moi-même à vous demander une faveur.

Ces simples paroles du savant avaient été suffisantes pour rendre toute sa nervosité à l'ex-cantatrice.

Appréhendant ce que sa curiosité allait lui faire révéler, mais ne pouvant pas vivre une heure de plus sans certitude, sitôt rentrée à son hôtel, elle avait donné l'ordre à Lugano de l'excuser un moment auprès de ses invités qui commençaient à arriver, de faire servir et de la remplacer même au besoin ; puis elle s'était précipitée dans son boudoir, se déshabillant à la hâte et endossant avec une diligence remarquable le costume des danseuses du harem que nous avons décrit au commencement de ce récit.

Comme elle était occupée à ces changements et

venait de laisser tomber sa chemise, elle eut un rapide frisson parce que son oreille avait cru percevoir le bruit d'un pas étouffé sur le tapis de la chambre à coucher qu'une simple cloison séparait du boudoir.

Presque vaillante, dans sa terreur, et trop pressée de faire face au danger si c'en était un, elle fit un pas vers la tenture, la fit rapidement glisser sur ses tringles et d'un mouvement brusque éleva la lampe au-dessus de sa tête.

Ainsi plantée debout, en pleine lumière, dans le costume de la Vérité, avec la pose d'une Liberté, la Vénitienne passait en beauté tout ce qu'on peut concevoir. Devant cette réalité dépassant l'envolée de leur rêve, Henner et Chaplin eussent brisé leur pinceau, et Falguière eût voilé sa Diane chasseresse.

Comme elle élevait la lampe, la Daltès cru entendre tout près d'elle une sorte de soupir rauque ; mais la lumière ne lui ayant rien montré de suspect, elle retourna dans son boudoir et acheva sa toilette en pensant :

— Décidément, je ne puis vivre tranquille avec cette idée que ma mort est prochaine. Comme je ne suis pas malade, je crois voir des assassins partout. C'est un tort d'avoir écouté la prédiction de ma mère et je n'aurais pas dû provoquer celle de Black-Mid... Pourtant, je vais le consulter encore, je veux savoir mieux... Ah ! ce serait trop cruel de mourir à l'instant où le docteur Veshumyd semble vouloir venir à moi... Je veux savoir ! je veux savoir !

Ayant achevé sa transformation, elle s'approcha de la porte en cœur de chêne, sans gonds ni serrure et sur l'unique battant de laquelle un millier de clous à tête d'argent figuraient des dessins bizarres.

Emilia toucha l'une de ces tiges avec sa bague de cuivre. La porte se mit à rentrer lentement en haut, dans l'épaisseur de la muraille.

— Pour ce soir, pensa-t-elle en écoutant les bruits de voix et les rires qui montaient de la salle à manger; pour ce soir du moins, je suis en sûreté. Un meurtrier n'oserait travailler dans une maison où festoie si nombreuse compagnie.

S'étant ainsi rassurée elle-même, elle s'engagea dans l'obscurité par l'ouverture de la porte à guillotine qui redescendait.

Dès que cette dernière eut touché le seuil, la lampe soleil s'illumina, déversant des flots de lumière rouge sur la Daltès et, derrière elle, sur le visage d'un autre personnage dont l'air ahuri indiquait assez qu'il pénétrait pour la première fois dans le temple de pourpre...

Lorsqu'il lui avait semblé entendre marcher dans sa chambre à coucher, Emilia Daltès ne s'était point trompée, et le soupir rauque, perçu alors qu'ayant fait glisser les tentures elle levait la lampe à bout de bras, éclairant inconsciemment sa superbe nudité, n'était pas non plus une illusion de son oreille.

Un homme était là, accroupi, dissimulé derrière le dossier d'un fauteuil.

Le baron Therme de Paray, on s'en souvient, après s'être éclipsé, si à propos pour lui, du petit hôtel de M° Falateuf, s'était trouvé, sans trop savoir comment et alors qu'il croyait gagner la rue, dans un grand jardin dont il ne soupçonnait par l'existence.

Pour sa sûreté, il s'était dissimulé dans un épais massif de verdure où les rayons lumineux ne parvenaient pas à pénétrer.

Puis, au bout d'une heure, n'ayant rien entendu d'insolite, fatigué de sa position commençant à sentir l'humidité et persuadé qu'on ne le poursuivait pas, de ce côté tout au moins, il avait quitté son abri et cherché à reconnaître le lieu où il se trouvait.

A de grandes distances, il est vrai, mais de tous côtés, le jardin était clos par de hautes murailles, qu'un saltarello d'Italie ne se fut pas hasardé à franchir, non plus que le mieux réputé des clowns d'Albion.

D'un côté, dans un endroit très fourré, une véritable petite forêt vierge, il reconnut la porte par laquelle il avait pénétré dans le jardin. La muraille dans laquelle était percée cette porte ne possédait aucune autre ouverture. Et, d'ailleurs, en eut-elle possédé, le baron se serait bien gardé de chercher à en profiter, car il croyait voir la maison du notaire pleine de policiers.

Au surplus, la seule présence de Cacatois eût suffit à le tenir à distance. C'était une de ses victimes qui se dressait devant lui ; il en avait peur !

Son inspection le conduisit à une vaste pelouse, sillonnée d'allées sablées, accidentée de plates-bandes et au bout de laquelle se dressait une grande construction dont la forme ne lui semblait pas inconnue.

Toutes les fenêtres étant fermées, sauf une seule encore éclairée malgré l'heure tardive, il s'approcha doucement et reconnut avec étonnement qu'il se trouvait dans le mystérieux hôtel de la Daltès dont il avait examiné la façade intérieur par une nuit semblable, le soir où il devait assassiner le vicomte d'Urtille.

La fenêtre éclairée appartenait à la chambre à coucher où veillait Yvonne du Valdamour auprès de la Vénitienne assoupie.

Ces constatations faites, comprenant qu'il ne pourrait sortir de là que par surprise, le baron était retourné à son massif et y avait attendu le jour.

Vers midi, il avait assisté de loin au départ des deux dames pour le Palais.

La grille étant alors restée ouverte il aurait peut-être pu s'échapper de cette cage ; mais les réflexions de la nuit ayant petit à petit calmé ses craintes, tandis que renaissait sa sénile passion, il ne voulait plus fuir avant d'avoir possédé la Daltès.

Toute la journée, il constata des allées et venues bien étranges et, vers le soir, s'étant glissé dans l'hôtel au milieu d'un groupe de fournisseurs, il put gagner la chambre d'Emilia, sans être l'objet d'aucune curiosité.

Devinant qu'on préparait un dîner, son intention était d'attendre là, le départ de tout le monde et, imposant silence aux tiraillements de son estomac qu'il contenterait ensuite, de se saisir d'Emilia au moment où elle s'endormirait. Après cela, satisfait, il devait sortir de l'hôtel et quitter la France.

La trop rapide venue de la Daltès et surtout la vue si inespérée de tous ses charmes invoilés, devaient, hélas ! precipiter le dénouement en apportant une légère variante aux belles résolutions du baron.

Tandis qu'Emilia quittait son costume de ville pour revêtir son déguisement de prêtresse, le vieux baron, très intrigué par les froufrous qu'il entendait, la tête surexcitée par ce qu'il devinait et le cerveau un peu moins sain, grâce à son jeûne forcé, avait commis l'imprudence d'abandonner sa cachette pour s'approcher de la tenture qui le séparait du boudoir.

C'était lui que la jeune Vénitienne avait entendu marcher, et plus tard c'était encore lui qu'elle avait entendu soupirer.

A genoux contre un dossier de fauteuil, derrière lequel il s'était laissé tomber en voyant s'ouvrir le rideau, Therme de Paray avait eu toutes les peines du monde à changer en un soupir le cri qui voulait s'échapper de ses lèvres quand Emilia, la lampe haute, lui était apparue comme un rêve de blancheur.

Les lèvres pendantes, baveuses, les paupières en feu, l'apoplexie avait manqué le renverser là, et c'est grâce à cette crise d'une seconde, qu'Emilia avait dû de n'être pas tombée au pouvoir de ce vieillard changé en fauve.

Puis, la Vénitienne, ayant à nouveau fait retomber les draperies de séparation, ne la voyant plus, le motif principal de son excitation prenant fin, le baron était redevenu maître de lui-même; mais ce qui n'était chez lui qu'une toquade, tout à l'heure encore, venait de prendre la forme d'une passion fougueuse, dangereuse surtout aux gens de son âge.

— Ce soir même, se disait-il en fermant les yeux pour mieux revoir la vision disparue, ce soir même, et quoiqu'il en puisse advenir, je l'aurai, je le veux !

Il achevait à peine ce serment intérieur qu'il vit revenir la jeune femme, complètement transformée et plus éblouissante que jamais sous son costume d'Esméralda qui laissait tout entrevoir, tout deviner, et cachait juste assez pour exciter jusqu'à la frénésie un admirateur que le hasard aurait placé sur son passage.

— Tiens, pensa le baron, redevenu en partie sceptique et la voyant s'approcher du rectangle de chêne tout garni de clous à tête d'argent qu'il n'avait pas encore remarqué. Tiens, c'est peut-être là l'entrée du séjour où s'amuse Mahomet, puisque voici une de ses houris... Mais je ne me trompe pas, c'est bien dans un costume semblable que j'eus l'honneur de voir feu madame sa mère.

Il reprit en voyant l'énorme battant s'élever sans qu'il eût compris le secret de son fonctionnement :

— Joli travail, cette porte!... Peste! dans quelle cave mademoiselle ma future maîtresse me mène-t-elle ?

Cette dernière réflexion, tout à la fois ironique et marquant un esprit incomplètement rassuré, était échappée au baron au moment où, à la suite de la Daltès, il pénétrait dans le temple de pourpre qui, comme on doit se le rappeler, restait plongé dans la plus profonde obscurité tant que l'ouverture n'était pas hermétiquement close.

Un coup sourd, derrière lui, coup frappé par la porte retombant dans sa rainure, lui fit faire un bond de côté qui aurait décelé sa présence sans la profonde épaisseur des tapis. Puis il resta sur place, les yeux clignotants, ébloui par la lumière intense qui jaillissait soudain du globe-soleil.

— Hé! pensa-t-il quand son étonnement eut pris fin, c'est bien le cas de dire, on y voit rouge ici... Au fait, c'est tout comme à Venise, avec le luxe en plus pourtant. On voit que mademoiselle ma protégée fait ses affaires... Elle me doit une belle char-

8

delle et serait ingrate si... Tiens, voici notre ami Black-Mid... la consultation est orageuse, je crois... Cela ne va pas tout à fait comme on voudrait... Mais elle n'est pas rassurante du tout cette vipère !...

Tandis que le baron examinait la pièce sans fenêtre toute tendue de rouge, comme une chambre ardente vénitienne, la Daltès, se croyant seule, avait été s'asseoir sur le divan circulaire qui entourait la table et avait extrait Black-Mid de son coffret; puis l'interrogatoire de l'augure avait commencé.

Emilia était triste; les réponses des cartes toujours pareilles étaient mauvaises, et la vipère, nerveuse, semblait siffler le malheur.

Emilia pleurait. L'augure venait de lui annoncer sa mort pour cette nuit-là même.

Tout à coup, la vipère jeta un sifflement strident et, quittant la table, bondit sur le tapis, ce qu'elle n'avait jamais fait.

La Daltès se retourna.

— Vous ! s'écria-t-elle en reconnaissant le baron.

Et, malgré l'abaissement de ce vieillard, rougissante d'être vue par un homme dans son si léger costume d'odalisque, elle ajouta :

— Comment avez-vous pu pénétrer ici ?

— Oh ! bien simplement, répondit en saluant jusqu'à terre l'ex-capitaine Berr; en suivant votre trace parfumée, ravissante Lia.

— Je vous défends ce nom, fit-elle avec hauteur. Que veniez-vous chercher dans cette maison ?

— Vous êtes cruelle, répondit-il en souriant; il y a si longtemps que ce nom m'est cher. Quant à ce que je venais chercher, ne le devinez-vous pas ? Ce sont vos faveurs !

D'un geste brusque, il enserra la taille d'Emilia

dont la pâleur était telle que la sanglante lumière de la lampe colorait à peine son visage.

— Et je vais satisfaire enfin mon long désir, calmer l'ardeur qui me dévore depuis le jour où je vous vis pour la première fois.

Il tremblait, sans le vouloir, sa main s'était rencontrée avec la peau tiède d'Emilia que protégeait si peu sa fine chemisette. Et maintenant, le sang affluait à sa tête, il n'était plus maître de lui. Usant de toutes ses forces, il contenait la jeune femme, ses lèvres brûlantes cherchaient sa figure, sa gorge, ses bras, ses chevilles, tous les coins de chair que ne dérobaient ni la soie ni le velours.

C'était une vraie passion des sens, une de ces passions qui peuvent rendre criminel, et lui l'était déjà.

La force de son désir communiquait à tout son être un tremblement convulsif.

Emilia se sentit perdue. Mais, au plus fort de sa terreur, elle se disait :

— Ce n'est pas possible, cela, Black-Mid m'a promis que je mourrais vierge !

Le baron s'arrêta pour dire :

— Lia, veux-tu m'aimer, une seconde, rien qu'une !... Ah ! je donnerais le restant de mes jours pour un de tes sourires que je n'aurai jamais !

Il était lièvre et tigre, ce vieillard.

Ce vœu rendit du cœur à la Daltès. Elle entrevit une pointe de salut et, redevenant comédienne, murmura de sa voix mélodieuse :

— Peut-être !... mais pas ici.

Galvanisé, il se redressa, abandonnant sa proie.

— Tu veux ! où ? où ? demanda-t-il.

— De l'autre côté de cette porte, dans ma chambre.

— Et après ?

— Après, nous nous dirons adieu pour toujours.

— Soit ! fit-il, car il n'était pas très sûr de sa compagne.

Cet adieu le rassurait.

Tous deux s'approchèrent de la porte dont Emilia fit jouer le secret.

— Passe, dit-elle.

— Non. Toi.

Deux fois, trois fois ils se répétèrent cette politesse.

Le lourd battant commençait à redescendre.

— Vite, murmura la Daltès, où ce sera à recommencer.

Comprenant qu'il éloignait bien inutilement l'instant de son bonheur, le baron se courba pour passer sous la guillotine déjà basse.

Alors, rassemblant toutes ses forces, Emilia lui saisit les deux jambes, l'empêchant ainsi d'avancer.

— Laisse, fit-il, croyant à un jeu.

Emilia ne lâcha pas.

Pris d'une terreur folle, devinant dans quel piège il avait donné, sentant déjà peser sur ses reins l'épaisse porte de chêne, le baron voulut reculer.

Emilia tint ferme, le repoussant.

Cette lutte fut courte. La guillotine descendait toujours et le dernier cri de rage du baron fut aussi son cri d'agonie : il était coupé en deux.

Dans l'épaisseur de la muraille on entendit un craquement sinistre. C'était le système à ressort qui se brisait, la porte n'ayant pu joindre exactement sa rainure.

De même que le battant de chêne ne devait plus pouvoir se lever, de même la lampe-soleil ne pou-

vait plus s'allumer et, à moins d'un secours impossible à prévoir, Emilia Daltès était destinée à mourir
de faim dans l'obscurité de la tombe rouge.

Quand les derniers frémissements du corps du
capitaine Berr eurent cessés, elle abandonna ses
pieds et appela :

— Black-Mid.

Contrairement à son habitude, la petite vipère ne
répondit pas à cet appel.

— Les animaux prévoient les catastrophes, pensa
la Daltès, elle se sera échappée. J'aurais pourtant
voulu m'en aller comme Cléopatre... La faim me
fait peur... C'est égal, je mourrai vierge !

XVII

La porte-guillotine

En profitant de la minute unique où la porte à guillotine était restée en suspens pour fuir hors de la tombe rouge dans laquelle elle vivait depuis son arrivée à Paris, la vipère Black-Mid avait fait preuve d'un discernement plein d'adresse, quoi qu'elle ne fût, au bout du compte, qu'une vipère.

Mais, ainsi que le pensait la Daltès, cette désertion devait être le fruit d'un pressentiment instinctif, car, aussitôt parvenue dans un lieu éclairé par une lumière autrement tintée que celle à laquelle elle était habituée, Black-Mid, rompant avec ses principes de sagesse, s'était conduite en véritable petite folle, en vipère irresponsable, apportant le trouble et la stupeur dans la salle à manger où, en l'absence de l'excantatrice, ses invités commençaient à dîner.

En voyant le serpent divin de Lia, la première pensée de Lugano avait été, comme on sait, qu'un malheur menaçait sa « petite sœur ». Il s'était donc précipité dans le couloir, abandonnant à eux-mêmes les convives dont la débandade n'avait pas tardé à se répandre, tant à sa suite dans la maison que dans les jardins.

A la porte de l'antichambre, Lugano se heurta avec le docteur Veshumyd.

— Qu'y a-t-il? fit ce dernier en remarquant l'air effaré du Vénitien.

— Emilia! put simplement dire Lugano, tant il était émotionné.

— Malade, peut-être? murmura le savant.

Et, passant sa main dans ses longs cheveux grisonnants, comme pour en chasser une pensée pénible, il suivit Lugano qui avait continué sa course sans rien répondre.

Tous deux, en même temps, ils arrivèrent dans le boudoir qu'éclairait toujours la lampe dont s'était servie Emilia et sur les meubles duquel s'éparpillaient les diverses pièces d'un riche déshabillé encore tout imprégné du parfum capiteux de celle qui venait de le quitter.

Lugano prit la lampe et franchit le seuil de la chambre à coucher.

En même temps, les yeux du docteur et les siens se portèrent vers le panneau de chêne dont les clous aux mille têtes brillantes figuraient un dessin cabalistique.

En même temps aussi, ils firent un pas en arrière en apercevant le haut du corps du baron Therme qui, les mains crispées, les ongles enfoncés dans le tapis, la tête rejetée en arrière, dans la pose de ces bêtes à face humaine qui servent de piédestal à Kali, la terrible divinité indienne, gardait presque dans la mort son horrible rire de damné.

— Emilia? dit à son tour le savant plus impressionné qu'il ne voulait le faire voir, et sachant que ce seul mot le ferait mieux comprendre qu'une longue phrase.

— Derrière cette porte, répondit Lugano. Ce monstre a dû la tuer, Black-Mid lui avait prédit sa mort.

Malgré son scepticisme de savant, le docteur frissonna.

De sa main libre, le jeune Vénitien saisit un flambeau de cuivre et alla en frapper l'une des têtes d'argent.

Une seconde il attendit l'effet de ce que le docteur prenait pour une évocation de spirite. Puis, voyant que la porte ne bougeait pas, il laissa tomber ces paroles de superstitieuse terreur :

— On ne doit pas défier la mort. Petite sœur est dans la tombe rouge qu'elle s'était fait aménager. Il nous faudra briser cette porte pour avoir son corps.

Le boudoir et la salle à manger commençaient à se remplir de monde. Après Robert et Yvonne du Valdamour, après miss Paulette Horn et Georges Laplace, après Cacatois, le juge d'instruction et le substitut, les Boisdru n'étaient point venus, non plus le duc, ni le notaire, car ils avaient bien autre chose à faire au fond du jardin, mais tous les gens de service de l'hôtel, tous les voisins surtout avaient envahi la maison de la Daltès et se pressaient dans ses appartements privés avec autant de sans façon que s'ils se fussent trouvés dans leur propre chambre.

Il n'y a pas qu'à Paris que ces choses-là arrivent, certes non ! mais, en toute sincérité et sans risquer d'être taxé d'exagération, on peut placer Paris en première ligne pour la bonne qualité de ses badauds, pour leur nombre et pour leur sans-gêne auprès duquel celui des singes est un enfantillage.

Le badaud parisien se croit tout permis, il est maître partout où sa curiosité le pousse ; c'est un droit immémorial et nuisible autant et plus que celui des moulins à eau, mais qui, comme ces derniers, ne peut décroître par extinction.

De la salle à manger le bruit d'un malheur avait gagné l'office ; de l'office, par le canal d'une laveuse de vaisselle qui poussait l'oubli des convenances jusqu'à aller jouer aux billes avec les garçonnets, le même bruit, considérablement enflé, s'était répandu sur la place, jetant toutes les commères au bas de leur couche. « Ah ! malheur ! on allait donc pouvoir visiter l'antre de la bohémienne, de la sorcière ! »

Il y a pourtant de bonnes âmes dans le corps des curieux, et leur complaisance est parfois dégagée de tout intérêt.

Après les dernières paroles de Lugano, un charpentier présent s'offrit à enfoncer la porte.

— C'est de mon métier, dit-il sagement, toutefois on doit prévenir la police avant de toucher au cadavre qui est engagé dessous. Au surplus, cette muraille de chêne me paraît assez solide pour résister deux jours.

Pour sauver la Daltès, s'il en était encore temps, il fallait user d'un moyen plus rapide. Le docteur Vesbumyd envoya Cacatois chez le commissaire de police et Georges Laplace courut chercher des maçons.

En présence du magistrat, les ouvriers attaquèrent la muraille des deux côtés de la porte de chêne.

Les badauds durent évacuer l'hôtel. Ils le firent à contre-cœur et l'un d'eux, en se retirant, captura Blak-Mid.

Le jour commençait déjà à faire pâlir la lueur des lampes quand l'épais battant de chêne, sapé de droite et de gauche, ne trouvant plus d'appui suffisant, s'abattit avec fracas, entraînant la chaîne de poulie qui servait à la faire s'élever, soulevant un nuage de poussière et broyant ce qui restait intact du corps du capitaine Berr qu'on n'avait pu dégager.

Le docteur Veshumyd, qui n'était pourtant pas familiarisé aux secrets de cette cachette, fut le premier à pénétrer dans l'incendie de la tombe rouge dont, par un coup de théâtre bien fait pour émerveiller les assistants, la lampe-soleil s'était allumée à la chute de la porte, éclairant de ses lueurs sanglantes la vaste et sinistre pièce au milieu de laquelle Emilia Daltès était évanouie.

La Daltès n'est pas morte vierge, comme le lui avait prédit Blak-Mid. Elle s'appelle maintenant Mme Veshumyd, car, en la rappelant à la vie, le docteur a comblé tous ses vœux en lui demandant sa main.

Ils habitent toujours l'hôtel de la place Malesherbes, seule dot que le savant a voulu permettre à sa femme. Dans le temple de pourpre il a installé son cabinet, au milieu duquel trône encore Blak-Mid retrouvé ; mais non plus dans un coffret, cette fois, dans un bocal !

Avec toute la grosse fortune qui lui restait et dont son mari ne voulait pas, Emilia a trouvé le moyen de faire bien des heureux. Au nom de son amie Yvonne elle a racheté tous les biens du Valdamour, et quand le marquis et la marquise ne sont pas les hôtes de l'hôtel de la place Malesherbes, c'est qu'ils vivent en famille dans leur château de Bretagne, avec la petite Roberte, la vieille tante Jenny de Kersaing et le bon Cacatois que le bonheur a encore fait maigrir.

Mme Georges Laplace, l'ancienne miss Paulette Horn fait le bonheur de son époux, auquel elle a enlevé ses idées sombres.

Rachel Boisdru est toujours demoiselle roturière, et son espoir de devenir dame noble commence à passer, car le soir du dîner chez la Daltès, avec l'aide du notaire Falateuf, le vieux duc de Maison-celles a bien voulu la prendre, dans un nid de verdure du jardin et sous l'œil clément de la lune, pour une duchesse de la main gauche.

Moses Aaron s'est converti, désespérant de jamais pouvoir acheter la galerie de l'ancienne Daltès.

Lugano est toujours un intendant modèle et fait rougir le docteur en lui faisant entendre qu'étant plus amoureux de sa liberté que lui ne l'était de sa science, il saura rester garçon.

N'allons pas oublier Alexandre surtout. Le malheureux valet à tout faire d'Oliva Obusier a payé pour son complice, la justice ne s'étant pas laissée attendrir par les phrases de roman-feuilleton que la grosse demoiselle avait héroïquement apprises par cœur pour venir le défendre.

FIN

Champigny. — Septembre 1891

TABLE DES MATIERES

Tome premier

PREMIÈRE PARTIE.

JUSTICE SE PAYE!

DEUXIÈME PARTIE

LA CONTRE-ENQUÊTE

Grande Imprimerie de Troyes, 128, rue Thiers